L'expérienceur

Marie-Aude Murail et Lorris Murail

L'expérienceur

Médium
11, rue de Sèvres, Paris 6e

De Marie-Aude Murail à *l'école des loisirs*

MythO en Neuf

dans la collection Médium
Ma vie a changé
Amour, vampire et loup-garou
Tom Lorient
Oh, boy !

la série des Émilien
Baby-sitter blues
Le trésor de mon père
Le clocher d'Abgall
Au bonheur des larmes
Un séducteur-né
Sans sucre, merci
Nos amours ne vont pas si mal

la série des Nils Hazard
Dinky rouge sang
L'assassin est au collège
La dame qui tue
Tête à rap
Scénario catastrophe
Qui veut la peau de Maori Cannell ?
Rendez-vous avec Monsieur X

De Lorris Murail à *l'école des loisirs*
Le cirque Manzano en Neuf
Le professeur de distractions en Mouche

Loi n° 49.956 du 16 juillet 1949 sur les publications destinées à la jeunesse : mars 2003
Dépôt légal : mars 2003
Imprimé en France par la Société Nouvelle Firmin-Didot au Mesnil-sur-l'Estrée (63578)

Avec nos remerciements
à Sophie Gaudreau

Prologue

Iosef abandonna le vieux vélo de son père dans les taillis. Il avait hâte de retrouver son coin de pêche sur la berge de la Bléone. Il ne remarqua pas les deux mobs couchées dans l'herbe.

Au moment où il allait lancer sa ligne, il entendit des cris et releva la tête. À quelques mètres de lui, deux garçons s'activaient sur un promontoire rocheux. D'où il se trouvait, Iosef pouvait les voir sans être vu. Mauvaise surprise que la présence d'intrus sur son territoire. Que faisaient-ils, ainsi penchés vers le sol? Iosef posa sa ligne et partit à l'assaut du promontoire.

D'abord, il crut que les garçons accroupis bricolaient des pièges. Puis il supposa qu'ils étaient venus faire exploser des pétards. Quand ils se redressèrent, Iosef fut frappé par leur différence de taille et de corpulence. Un petit maigre et nerveux, un grand mollasse et comme embarrassé de lui-même. Le petit avait une pompe à vélo dans la main droite et il en zébra l'horizon. Iosef voulut en savoir davantage et prit le risque d'approcher encore. Sa botte écrasa une vieille boîte de conserve affleurant le sol boueux. Le petit nerveux avait l'oreille fine. Il tendit sa pompe à vélo vers les fourrés:

– Ho! C'est quoi, ça? Sors de là!

Il dégringola de la plate-forme, cinglant l'air à coups de pompe. L'instant d'après, Iosef était couché dans les cailloux, la poitrine comprimée par le genou de son agresseur.

– Qu'est-ce tu fais là, tu nous espionnes ?

– Je pêche, c'est mon coin.

Toujours perché sur son promontoire, le grand s'écria :

– Ho, Simonnet, tu le connais ?

– T'es pas bien ? C'est un nain ! Descends, on va le tuer.

Iosef sentit la panique le gagner. Dans le pays d'où il venait, cette phrase-là était toujours suivie d'effet. Simonnet avait placé la pompe en travers de sa gorge et il commençait à peser.

Le grand shoota dans un caillou qui roula jusqu'au visage congestionné de Iosef. Voir le gamin étouffer, voir les yeux lui sortir de la tête le mettait dans un état bizarre, un mélange de jouissance et de terreur.

– J'ai une meilleure idée, souffla-t-il. On va le faire pomper.

Simonnet se redressa d'un air soulagé. Les assassins préfèrent qu'on leur donne une bonne raison de ne pas tuer. Iosef savait cela.

Les deux caïds cessèrent de le traiter comme un ennemi. Ils l'aidèrent à se hisser sur le promontoire et acceptèrent même de répondre à ses questions. Ils étaient de Digne comme Iosef, ils allaient au collège Henri-Barbusse. Le petit Simonnet avait quatorze ans et le grand, qui s'appelait Berthoud, en avait treize.

– Qu'est-ce que vous faites ? leur demanda Iosef.

– On envoie une fusée sur la Lune, ricana Simonnet.

La fusée était d'un modèle courant. On en vend des millions tous les jours. C'était une bouteille de Coca. Berthoud y avait collé quatre ailerons découpés dans une feuille de plastique rigide. Simonnet montra à Iosef le fond où était vissée une valve identique à celles qui permettent de gonfler les pneus des vélos.

– Tu vas remplir la bouteille avec de l'eau, lui ordonna-t-il. Jusqu'au trait rouge.

Iosef courut vers la berge. Il éprouvait du plaisir à obéir. Dans sa classe de CM 2, ses camarades ne lui adressaient jamais la parole. Berthoud et Simonnet le méprisaient, à la première occasion ils le frapperaient, mais ils lui parlaient. Il remplit la bouteille d'eau jusqu'au trait rouge, au millimètre près. Berthoud parut satisfait. Il ferma la bouteille avec un bouchon de liège qu'il fixa au goulot en l'entortillant dans un muselet de fil de fer comme on en voit sur le champagne.

– À toi l'honneur ! dit-il à Iosef.

Iosef prit la pompe, la vissa à la valve et pompa, pompa, pompa. À tout moment, il s'attendait à faire les frais d'une mauvaise plaisanterie. La bouteille allait finir par lui exploser à la figure. Pourtant, il poursuivit son effort jusqu'à ce que Simonnet criât un sonore :

– Stop !

– Là-dedans, lui dit le placide Berthoud en tapotant la bouteille, c'est comme tes intestins quand y a des fayots à la cantine. Gonflé à craquer. Et ça demande qu'à sortir.

Simonnet s'accroupit pour coincer la bouteille entre trois grosses pierres, puis il attacha un morceau de ficelle au muselet qui serrait le bouchon.

– Tu tires un coup sec.

Iosef prit sa place, à genoux sur la roche dure. Une étrange émotion l'envahit. Il tira. Et la bouteille décolla. Elle jaillit vers les nuages, crachant un sillage d'eau glacée.

Iosef était trempé mais heureux. La fusée s'était élevée d'au moins trente mètres et perdue avec fracas dans les branches d'un arbre. Berthoud et Simonnet riaient.

– C'est bien qu'on ait quelqu'un pour la mise à feu, dit Berthoud.

Iosef devina que son ami le petit Simonnet se débrouillait toujours pour passer son tour et ne se faisait jamais arroser.

Les deux garçons allumèrent des cigarettes, sans lui en offrir. Iosef avait pompé, il avait pris la douche. Ils n'avaient plus besoin de lui.

– Il paraît qu'on peut envoyer de vraies fusées, dit-il en désignant la cime d'une montagne lointaine, des vraies avec des flammes.

– C'est pas «y paraît», répliqua Simonnet. On peut. On a même ce qu'il faut.

– C'est moi qui l'ai trouvée, dit Berthoud. Près d'un champ de tir. Le parachute est déchiré mais elle peut encore servir. Il nous manque juste la poudre.

– Est-ce que je pourrais la voir? demanda Iosef.

Simonnet le poussa vers le bord du promontoire et Iosef, déséquilibré, faillit s'écraser trois mètres plus bas.

– Dégage, le nain. C'est pas un plan pour toi.
– Vous êtes cons ! cria Iosef. Moi, j'en ai de la poudre.

1
Poudre de guerre

Il y eut des coups de fil furtifs, des rancards devant le bahut. Iosef demanda à voir la fusée. Mais Berthoud et Simonnet exigeaient la poudre. Ils se fâchèrent, ils s'ignorèrent. Personne ne voulait céder. Les deux grands se méfiaient de ce garçon venu de nulle part. Iosef savait qu'on le rejetterait dès qu'il aurait donné la poudre.

Juste avant les vacances de printemps, Simonnet attendit Iosef à la sortie de son école.

– Rendez-vous mardi à onze heures, dit-il d'un ton sans réplique. Décollage à onze heures trente. Si t'apportes pas la poudre, je te plante la fusée dans le cul.

Iosef se contenta d'acquiescer. Il ne s'était pas vanté. La poudre, il l'avait volée à son père. Il l'avait trouvée dans la « casemate ». C'était ainsi que le personnel de la clinique Bel-Air appelait un insolite cube de béton dont seul le professeur Delmotte avait la clef. Cette clef était dans le tiroir central de son bureau. La prendre et courir jusqu'à la casemate, ce n'était pas compliqué. Il suffisait de bien choisir son heure, entre chien et loup, pour ne pas être dérangé. Non, ce n'était pas compliqué mais ça faisait peur.

Dans la casemate, le père de Iosef avait enfermé ses secrets. Il y avait là, dans des cantines en fer, des blouses blanches tachées de sang, un drapeau en lambeaux et, collées dans des carnets, des dizaines de photos. On y voyait des hommes en armes, des barbus portant le turban, des immeubles détruits, des rues éventrées, des corps bardés de bandages et de pansements, des corps privés de bras ou de jambes. Des corps sans vie.

Puis il y avait l'armoire de métal avec les deux fusils, des boîtes de cartouches et de la poudre dans des outres sentant la chèvre.

À chaque visite, Iosef ouvrait une ou deux cartouches qu'il refermait avec précaution après avoir recueilli quelques pincées de poudre. Quand le jour décisif approcha, il comprit que cela ne suffirait pas. Il fit alors ce qu'il n'avait jamais osé faire. Il vida toute une gourde dans un sachet de plastique et remplaça la poudre par un mélange grisâtre de cendres et de sable.

À présent, la fusée pouvait décoller.

*

*   *

Éblouis par le bleu intense du ciel, assourdis par le rugissement des eaux, Berthoud et Simonnet se sentaient l'âme aventureuse. L'engin qui devait trouer les cieux se dressait au milieu d'une cage de branchages, le nez pointé vers le soleil brûlant.

Satisfait de la rampe de lancement, Berthoud en retira la fusée. Vue de près, elle avait moins belle allure.

– On dirait un vieux tuyau de poêle, dit-il.

Seule l'ogive de bois paraissait encore en bon état.

– Il ne… commença Simonnet.

Entendant un bruit de pas sur les cailloux de la berge, il ravala la phrase impatiente qu'il s'apprêtait à prononcer. Iosef était venu et il était à l'heure.

– T'as la poudre ? cria Simonnet avant d'avoir vu le gamin.

La tête de Iosef apparut au ras du promontoire.

– De la poudre de guerre, répondit-il en se hissant sur la plate-forme. De l'Afghanistan.

L'annonce produisit son petit effet. Iosef ne précisa pas qu'il s'agissait d'une guerre d'autrefois, et non de celle dont parlait la télé. Il est des endroits où la guerre ne cesse jamais.

– Montre.

Iosef remit à Simonnet la poche fripée qu'emplissait une poudre sombre et odorante, semée de grumeaux.

– Elle est moche, commenta Simonnet au terme de son examen. Gare à toi si c'est du Banania.

– Si tu voyais les photos…

– Quelles photos ?

– Rien. Des morts. C'est une poudre qui t'arrache le bras comme ça… chlak !

Le grand Berthoud, qui s'était approché, eut un mouvement de recul.

– C'est pas moi qui allume, dit-il.

– Moi je bourre. Iosef allume, décida Simonnet.

Il s'agenouilla près du fuselage couché de la fusée.

– Tourne-toi, c'est secret, dit-il à Iosef.

Docile, Iosef s'éloigna vers le bord du promontoire, observant les eaux bouillonnantes. Levant les yeux, il crut distinguer sur le fond blanc d'une cime neigeuse la forme lointaine d'un oiseau de proie. Derrière lui, Berthoud bricolait, tentant de reconstituer le moteur de sa fusée et de caler les tuyères pour l'éjection des gaz.

L'opération s'éternisait.

– Tu mets tout? demanda Iosef sans se retourner. Toute la poudre?

– T'inquiète.

Quand on lui permit enfin de regarder, Iosef découvrit la fusée bien calée, prête pour le lancement, son ogive de bois visant les astres.

Berthoud trempait une longue mèche de coton dans une bouteille d'alcool à brûler.

– T'as intérêt à t'éloigner et même plutôt vite, dit-il à Iosef en plaçant la mèche.

– Vous croyez que ça va marcher?

Sans répondre, Simonnet lui tendit un vieux Zippo taché d'encre rouge. Iosef accepta le briquet. Berthoud avait déjà pris la position du soldat attendant l'assaut dans les tranchées, à plat ventre, les jambes pendant hors de la plate-forme rocheuse, les deux mains sur la tête.

– Tu allumes et tu plonges comme un malade, conseilla Simonnet.

Iosef ne tremblait pas. Il avait déjà vécu sous un déluge de fer et de feu.

Il s'accroupit, battit le briquet, alluma la mèche et courut s'allonger près de ses camarades.

À peine visible, la flamme s'allongea dans le vent Elle se dressa soudain et toucha la poudre.

Un bref instant, tous trois crurent que l'engin avait explosé et qu'il n'en restait rien. Mais il était dans le ciel, comme un nuage de suie supersonique. Iosef songea qu'une porte de l'enfer s'était ouverte et que le diable avait craché une bouffée de son haleine noire.

L'image suivante lui arracha un cri de saisissement auquel Berthoud et Simonnet firent écho. Dans le ciel limpide, juste sous la boule flamboyante du soleil, se déployait une aile immense, l'aile bleue et blanche d'un parapente. La traînée de fumée charbonneuse sembla la traverser. Iosef eut alors la certitude que le pilote, assis dans la sellette, ne s'en sortirait pas.

Il y eut un claquement et l'aile se referma, se redéploya, se referma encore puis partit en autorotation, perdant de l'altitude au-dessus de la rivière. Comme le parapente se rapprochait, les trois enfants virent le pilote se démener avec une énergie désespérée. Mais ses efforts demeuraient vains et la chute allait s'accélérant.

Trompé par la perspective, Iosef crut un instant que la voile allait se prendre dans les grands arbres proches de la rive. Mais non, elle s'abattait droit vers les eaux. Les bras tendus au-dessus de lui, le pilote cherchait à démêler les suspentes torsadées. L'espace d'une ou deux secondes, la voile immense sembla vouloir se regonfler dans une bourrasque. Mais elle se plia par le milieu et son passager suspendu tomba comme une pierre.

Dans un ultime sursaut, le pilote tira sur une poignée. Le champignon blanc du parachute de secours s'ouvrit. Mais il était trop tard. La grande aile du parapente recouvrit comme un suaire la silhouette impuissante, étouffant le plouf! que fit le corps en frappant l'eau. Le parachute resta dressé un moment au-dessus du lieu de l'accident avant de s'affaler lentement à son tour.

– Merde! fit Berthoud. Oh! merde...

– Ta putain de poudre de guerre, dit Simonnet. C'est pas une fusée que t'as envoyée, c'est un missile.

Du haut de leur promontoire, les trois enfants scrutaient à trois cents mètres d'eux le parapente paresseusement étendu, pareil à un matelas pneumatique à demi dégonflé.

Une rafale de vent balaya la Bléone, redonnant à la voile l'espoir d'un nouvel essor. Elle dériva au fil du courant avant de se prendre dans les branchages de la berge. Alors, sous la poussée des eaux, elle se ratatina doucement.

– On file! déclara Simonnet.

– Il est peut-être pas mort, dit Berthoud.

– J'y vais, décida Iosef.

Iosef dégringola du promontoire sans se soucier d'être suivi par ses complices. Mais il savait que la curiosité les obligerait à le rejoindre. Hors d'haleine, il parvint à la hauteur du parapente flottant sur la Bléone tel un îlot tombé du ciel. Il guetta un signe de vie sous les cellules bleues et blanches de Nylon. Les remous de la rivière soulevaient la toile çà et là mais sans laisser voir le corps du pilote.

Entendant le souffle des deux grands derrière lui, Iosef entra dans l'eau et agrippa une poignée de Nylon.

– Faut tirer! Faut tirer! gémit-il.

Berthoud fut le premier auprès de lui. La toile était légère mais le tissu humide glissait entre leurs mains. Ils en halèrent deux ou trois mètres sur la rive avant de sentir une résistance.

– Il est là, dit Berthoud.

La Bléone à cet endroit n'était guère profonde. En fouillant sous les cellules ondulantes, Iosef trouva enfin le dos du pilote. Le malheureux était tombé du mauvais côté et avait la tête sous l'eau.

– Un couteau, vite!

Simonnet sortit un Opinel de sa poche et le passa à Berthoud qui le tendit à Iosef. Les fils des suspentes formaient autour du corps un réseau inextricable. Iosef entreprit de les trancher, les saisissant à pleines poignées.

– Aidez-moi, faut le retourner!

À trois, ils firent basculer le parapentiste sanglé dans une sellette dont la coque évoquait un siège auto pour bébé. La tête apparut, presque entièrement dissimulée par le casque et les lunettes.

Iosef coupa encore dans les fils et le tissu.

– On peut y aller, souffla-t-il.

Aidé de Berthoud et Simonnet, il traîna le corps prisonnier de sa nacelle noire. Cela leur parut tout d'abord facile puis il y eut de soudains remous et ils virent avec horreur le pilote s'enfoncer dans un bouillon écumant. Iosef s'accrochait à sa tête, qu'il s'efforçait de maintenir hors de l'eau.

– Par les sangles, dit Simonnet. Un... deux... allez!

Les épaules émergèrent de nouveau. Un... deux... ils tirèrent encore. Le corps se coucha sur le flanc, sur la berge de cailloux.

– On peut le détacher maintenant.

Six mains se précipitèrent sur les courroies.

– C'est de ta faute, c'est ta saloperie de poudre, répéta Simonnet.

Iosef essayait de ne pas entendre, essayait d'oublier ce qu'il voyait, de repousser le spectacle de la mort. Il cherchait en lui les forces de la vie, les gestes qui sauvent. Berthoud l'avait devancé. À genoux près du corps inerte, il ôta les lunettes qu'il jeta dans les fourrés. Puis le casque.

– Oh! putain! s'écria-t-il. T'as vu ce que t'as fait?

– Une fille, chuchota Simonnet.

Des cheveux noirs coupés au carré encadraient un visage plus pâle que l'écume de la rivière. Sa beauté frappa Iosef comme une terrible révélation. Berthoud avait raison. C'était lui le coupable et c'était à lui de la sauver.

Il vit avec dégoût que Simonnet la palpait de ses mains sales, qu'il se penchait au-dessus de ses lèvres.

– Laisse-la!

– Faut faire ça!

Iosef tenait toujours le manche du couteau. Il en plaça la lame sous la gorge de Simonnet.

– Pousse-toi.

– Mais il est fou ce type!

Simonnet se redressa en prenant appui sur la poitrine de la jeune fille. Un filet d'eau rouge jaillit de la bouche.

– Faut prévenir mon père! dit Iosef à Berthoud. Je sais que tu as un téléphone. Passe-le. Vite!

Berthoud s'exécuta sans discuter.

Tout en composant le numéro, Iosef scrutait les traits de la fille. Une sorte de tic agitait le coin de ses yeux grands ouverts. Il aurait préféré ne pas voir ces deux billes noires dont l'éclat se ternissait de seconde en seconde.

Il tomba sur Mathilde, l'assistante de son père. Elle lui apprit que Jean ne se trouvait pas à la clinique. Il n'hésita qu'une seconde et raccrocha.

– Il est sorti, dit-il aux deux autres.

Ses doigts firent machinalement le numéro du portable de Jean. Quatre longues sonneries.

Le tic s'était arrêté.

Dès qu'il entendit la voix de son père, Iosef cria dans le téléphone qu'elle était morte.

– Viens, Jean, mais viens.

Jean était au volant du break de la clinique, à la sortie de Digne-les-Bains. Il freina.

– Quoi? Qu'est-ce que tu dis? Qui est morte?

– La fille, elle s'est noyée. Elle s'en va dans le tunnel. Faut la rattraper. Elle est morte mais elle ne veut pas partir, tu comprends? Je l'entends... elle appelle...

– Où es-tu? demanda calmement la voix au téléphone.

– Dans mon coin. Viens, Jean. Tu verras la voile, c'est bleu et blanc... Mais elle est morte. Comme maman. Elle est dans la lumière, Jean...

Il continua à marmotter des phrases dans le vide. Jean avait coupé la communication. Quand il releva la tête, Iosef vit que les deux grands l'observaient.

– Mon portable, fit Berthoud en tendant la main.

– Il est fou, répéta Simonnet.

Il s'éloigna, suivi de Berthoud. Iosef ne leur prêtait déjà plus attention. Mais il entendit la voix qui hurla :

– Tu nous as jamais vus ! Tu nous connais pas ! C'est ta poudre !

Iosef prit la main recroquevillée, chercha le poignet sous la combinaison. Son index caressa la peau le long de la veine. Il n'osait pas appuyer, terrifié à l'idée de découvrir qu'aucune pulsation n'y battait. Il aperçut une grosse montre entourant l'autre poignet. Il la détacha et la glissa dans sa poche. Puis il reprit la main de la jeune fille et sentit une bague sous ses doigts. Non, une alliance. Iosef pensa : *Elle est mariée. Il l'aime.* Il tira sur l'alliance, la fit tourner autour de l'articulation raide, l'ôta. Il la regarda briller au creux de sa paume, puis il la jeta dans la Bléone.

La fille était morte. Ses yeux s'étaient fermés. Une vague de désespoir submergea Iosef. Il s'allongea sur elle et pesa de toutes ses forces sur sa poitrine, encore, encore. Il écrasa sa bouche contre sa bouche et souffla.

Une main se posa sur son cou. Jean l'écarta brutalement. Iosef avait le goût du sang sur ses lèvres.

– Je croyais que tu délirais, dit Jean.

Il la contempla un instant avant de se baisser et de la soulever. Il s'éloigna vers le break blanc et Iosef le suivit.

– Que s'est-il passé ? Qu'est-ce que tu as fait ?

– Rien.

– Tu étais seul ?

– Oui.

– Je reviendrai demain. Il ne faut pas laisser tout ça à cet endroit. C'est ton coin, Iosef.

Tout d'abord, Iosef ne comprit pas de quoi il voulait parler. Si, bien sûr. L'aile. La sellette. Le casque. Tout ça.

2
LE BEAU JEUNE HOMME

Il avait neigé sur le petit cimetière.

Théophile s'arrêta un instant à la grille et porta la main à son cœur. Il vérifiait à chaque fois avant d'entrer, comme on vérifie qu'on a son porte-monnaie. Coco lui disait encore la semaine dernière: «Avec le temps, ça passera.» Mais cela faisait dix mois que Lucie était morte et la douleur ne passait pas.

Il venait très tôt au cimetière pour être seul. Il fut contrarié d'apercevoir une trace de pas dans la neige. Quelqu'un était venu. *J'espère que ce n'est pas pour elle.*

Théo avança dans l'allée. Il n'y avait sur la neige que les pas de l'autre visiteur. Il s'était arrêté devant la tombe de Lucie mais Dieu merci, il n'était plus là.

Du bout de sa canne, Théo fit le ménage, renversant le chrysanthème de plastique doré et envoyant valser «À NOTRE PETITE-FILLE CHÉRIE». De la buée s'échappait de ses lèvres à chaque effort qu'il faisait. Des larmes givrées s'accrochaient à ses cils. Froid terrible de janvier. Le souffle un peu heurté, Théo s'appuya à deux mains sur le pommeau de sa canne et il pensa aux morts sous la terre, resserrant des lambeaux de chair sur leurs os gelés. Mais la tombe de Lucie était vide.

Un sanglot se fraya un passage jusqu'à sa gorge et Théophile toussa.

– Sale temps.

Un dernier coup de canne cingla l'air et brisa un vase sur la tombe voisine.

Théo repartit comme il était venu, par la même allée, du même pas claudicant. Il poussa la grille brutalement pour le plaisir de l'entendre crier. C'est à ce moment-là que quelque chose l'effleura. À peine une pensée. Une vision : les traces de pas qui s'arrêtaient devant la tombe et qui n'en repartaient pas.

Théo ouvrit la porte de sa voiture. Il fit un moulinet avec sa canne avant de la jeter sur le siège. Puis il rassembla les pans de son long manteau noir, pivota sur le pied droit et se laissa choir devant son volant. Des gestes très étudiés pour habiller sa boiterie d'élégance.

*
* *

Théo vivait rue Tancrède, à l'ombre de la cathédrale. La concierge qui avait repéré ses heures de sortie et de retour l'attendait devant sa loge.

– Ah, monsieur Desmarets ! J'ai du courrier pour vous.

– Bonjour, madame Plotin, j'espère que vous allez bien, répondit Théophile avec sa politesse minutieuse. Merci beaucoup pour le courrier.

Depuis six mois que Théo était là, la concierge ne l'avait pas encore vu sourire. Mais elle ne désespérait pas.

Théo s'accota au mur et, coinçant sa canne sous son avant-bras plié, il décacheta une grosse enveloppe.

– On me réexpédie encore du courrier de mon ancienne adresse, dit-il avec un bref regard vers la concierge.

Il voulait s'attarder cinq minutes parmi les vivants. Tandis qu'il examinait le contenu de l'enveloppe, la concierge le détaillait, bouche bée. Car il était beau, jusque dans le détail, jusqu'aux cils, par exemple, très longs et d'un blond juste un peu plus soutenu que ces cheveux mi-longs que le vent venait d'emmêler. Mme Plotin se demanda si on avait le droit d'être aussi beau. Et boiteux. La canne tomba sur le carreau. La concierge se dépêcha de la ramasser en s'écriant :

– Ne vous baissez pas, monsieur Desmarets !

– Merci, madame Plotin, dit le jeune homme, reprenant sa canne avec une froide envie d'en assommer la vieille.

Un soleil d'hiver attendait Théophile derrière la fenêtre de son bureau. En quelques gestes précis, le garçon jeta le courrier sur sa table, accrocha son manteau à la patère, fit tourner sa canne entre ses doigts avant de la lancer sur le canapé. Puis il pivota sur le pied droit et s'assit. Il s'était rarement autant détesté qu'à cet instant-là. Pourquoi parader sans public ? Il s'affaissa dans son fauteuil et se mit à pleurer.

La lune d'hiver le trouva à son bureau, écrivant à la diable, le front dans une main. C'était un roman. L'héroïne s'appelait Lucie. Soudain, il sursauta. Tiens, ça recommençait. Il venait d'entendre claquer la porte d'entrée. À cette heure-là, Lucie revenait du travail ou de son club de gym.

Théophile ne se retourna pas. Cela ne servait à rien. Il avait cru entendre la porte claquer. Dans l'appartement qu'il avait quitté, il croyait voir Lucie. Son esprit, de tournure scientifique, lui répétait qu'il s'agissait d'hallucinations dues au chagrin. D'ailleurs, dans ce nouvel appartement, la présence de Lucie s'était diluée.

Mais ce soir-là, Théo la sentait de nouveau dans son dos. Il renversa un peu la tête. Si elle voulait, elle pourrait passer la main sur ses cheveux. Les yeux fermés, il écoutait, cherchant à entendre un souffle, le froissement d'un vêtement. Peut-être ? Oui ? Non... Théo soupira et posa de nouveau le front dans la paume de sa main. Il essaya d'écrire la suite de son paragraphe. Mais c'était devenu impossible. Le dossier du fauteuil s'était légèrement plié, comme si quelqu'un s'y appuyait. Cela finissait par être effrayant. Se soutenant des deux mains à sa table de travail, Théo se releva, pivota sur son pied droit et se retourna. La pièce était vide.

La nuit de janvier s'était collée aux carreaux de la fenêtre. Théophile l'ouvrit sans intention précise au moment où la cathédrale Notre-Dame égrenait les douze coups de minuit. Théo songea qu'il attendrait le dernier coup pour plonger dans le vide comme Lucie avait plongé dans l'eau. Sept, huit, neuf... Le ferait-il, ne le ferait-il pas ? Dix, onze... Théo sentit son sang se glacer. On venait de lui inoculer la peur, la vraie. Quelque chose s'était posé sur son épaule. Le dernier coup sonna au clocher de la cathédrale.

– Lucie !

Théo se retourna. La pièce était vide. Mais il lui semblait sentir encore cette main qui le retenait. Théo s'approcha du téléphone et décrocha le combiné. Il allait appeler sa sœur, l'appeler à l'aide.

– Mais non, il est minuit !

Coco dormait sûrement. Il n'avait qu'à en faire autant.

Une heure plus tard, allongé dans le noir, Théo n'avait toujours pas trouvé le sommeil. Les mains sous la nuque, il regardait la nuit obstinément. Fermant enfin les yeux, il vit une grande étendue blanche, puis des pas dans la neige, des pas qui allaient jusqu'à la tombe de Lucie et n'en repartaient pas. Pourquoi y repensait-il maintenant ? En quoi était-ce important ?

Ce qui était important, c'était d'aller chercher Lucie à la gare, à son retour de Digne-les-Bains.

– Mais où sont les clefs ?

Théo fouilla ses poches, fit tomber sa canne. Ah, zut, le téléphone.

– Oui ? Non, vous ne me dérangez pas...

C'était le rédacteur en chef du magazine *Toute la science*. Collaborateur occasionnel, Théo avait promis un article sur les chances qu'existe sur d'autres planètes une autre forme de vie. Il l'avait presque terminé. Tout en répondant, il cherchait encore ses clefs. Il finirait par être vraiment en retard à la gare. Il raccrocha. Ah ! Les clefs étaient à côté du téléphone. La canne de nouveau lui échappa. Et merde ! En rattrapant la canne au vol, Théo venait de renverser son café.

– Mon article !

Vite, vite, éponger le désastre. Et voilà, gagné ! Il s'en était mis plein la chemise. Sa dernière chemise propre. Il lui fallut en repasser une autre.

Sur le pas de la porte, lavé, rasé, habillé, il entendit le téléphone sonner.

– Je le tue, murmura Théo sans savoir qui appelait. Oui ?

C'était encore le rédacteur en chef de *Toute la science*.

– Au sujet du titre… Je ne vous dérange pas ?

– Non, vous ne me dérangez pas, dit Théo mécaniquement.

Il eut le sentiment qu'il était dans un de ces rêves où l'on ne peut jamais faire ce que l'on doit faire. Enfin, il se retrouva sur le palier et appela l'ascenseur. En panne.

– La totale, dit Théo à mi-voix.

Six étages et allez donc ! La rampe d'un côté, la canne de l'autre. Infirme, boiteux, handicapé. À chaque marche, c'était ce qu'il se répétait : infirme, boiteux… Il s'arrêta à quelques marches du palier suivant. Quelqu'un descendait derrière lui. C'était idiot. C'était même impossible. Personne ne vivait au sixième étage, à part lui.

Tout se passa très vite. Théo se retourna brusquement et la canne dérapa sur le rebord de la marche. Déstabilisé, Théo se retrouva à terre. La canne lui avait échappé. Il entendit de nouveau des pas. Cette fois, quelqu'un montait.

– S'il vous plaît ! lança-t-il.

Il regretta aussitôt son appel. Une toute jeune fille apparut et poussa un léger cri.

– N'ayez pas peur, dit Théophile. Je suis tombé.

Il rougit un peu. La demoiselle avait posé les yeux sur la canne. Elle la ramassa et la lui tendit avec de la compassion dans le regard jusque par-dessus les sourcils. Théo en grinça des dents.

– Je vais vous aider, dit-elle.

– C'est inutile.

Mais à sa grande surprise, la jeune fille lui prit le bras. Elle était pourtant embarrassée car, de la main droite, elle tenait un livre.

– Venez, dit-elle. Il faut vous soigner.

– Mais je n'ai rien.

Il remonta l'étage, soutenu par la jeune fille. Il se sentait très faible.

– Vous devriez mieux déjeuner, le matin, dit-elle. Un café, ce n'est pas suffisant.

Théo ouvrit sa porte et entra.

– Surtout quand on le renverse, ajouta la bavarde.

– Hein ?

Théo avait écarquillé les yeux.

– Ça doit bien vous arriver de renverser votre café, fit la jeune fille avec un sourire de malice. Allez, je me sauve…

– Où ?

– À la bibliothèque.

La porte se referma. Théo regarda autour de lui, abasourdi. Il n'avait pas réussi à quitter l'appartement. Son réveil indiquait huit heures dix. D'habitude, il était au cimetière. *J'irai demain*, songea-t-il. Il renonçait. À y aller. À comprendre. Il s'allongea à demi déshabillé. Qu'avait dit le rédacteur en chef? Ah oui, il voulait l'article rapidement. C'était important.

Mais ce qui importait vraiment, c'était d'aller chercher Lucie à la gare. Il était en retard.

– Non, se révolta Théo. C'est un rêve. Je veux me réveiller. Je veux…

Il porta la main à son front migraineux. Le réveil sonnait sept heures.

– Ooooh, gémit-il longuement.

Il se leva et, pendant quelques minutes, il se sentit comme aux aguets. Il ne fallait pas que la vie se remette à patiner. Mais une fois lavé et habillé, il but son café avec un soulagement qui ressemblait à du plaisir. Quelque chose dans sa tête se déliait. Que ferait-il de sa journée? Il pourrait aller travailler à la bibliothèque. Sur le moment, l'idée lui parut excellente. La seconde d'après, il la trouva stupide. Pourquoi avait-il pensé à la bibliothèque? Son rêve s'était déjà estompé. Mais il se souvenait d'une jeune fille qui avait un livre de bibliothèque à la main. Il secoua la tête, mécontent. C'était presque sacrilège de rêver à une jeune fille. Tout le poids de son chagrin lui revint d'un coup. Il irait au cimetière comme d'habitude.

Le téléphone sonna alors. Théo eut envie de protester: non, assez!

– Oui?

C'était le rédacteur en chef de *Toute la science.*

– Non, vous ne me dérangez pas, dit mélancoliquement Théophile.

– C'est pour votre article. Est-ce que vous pourriez me l'envoyer par Chronopost?

Théophile fut incapable de répondre. Les yeux exorbités, il regardait un objet tout à fait anodin, posé sur la tablette du téléphone. Un livre de bibliothèque.

– Allô? Monsieur Desmarets?

Tout doucement, Théophile raccrocha. Il prit le livre et l'examina. Couverture noire plastifiée. Titre: *Les Voyageurs d'outre-tombe*. Théophile hésitait à l'ouvrir. Il cherchait une explication, quelque chose que son esprit rationnel pût accepter. La jeune fille du rêve avait un livre à la main, mais un livre qui est dans un rêve ne se retrouve pas sur la tablette du téléphone. Ou alors la jeune fille de l'escalier avait bel et bien oublié son livre et Théophile avait pris pour un rêve la réalité. Il lui semblait passer et repasser un seuil, sans savoir de quel côté se trouvait l'entrée.

Théo feuilleta rapidement le livre. Le titre lui répugnait. *Les Voyageurs d'outre-tombe.* Il se mit à lire au hasard. Page 124. «*Je flotte. C'est extraordinaire. Je suis presque à hauteur du plafond et je vois, penché sur mon corps, sur mon enveloppe corporelle, le chirurgien qui tente de m'arracher à la mort en me faisant un massage cardiaque. Je distingue l'affolement autour de moi, mais moi, je me sens bien.*» Théophile reposa le livre. Il avait compris. C'était un de ces ouvrages qui prétendent raconter la vie après la mort, grâce à des «témoignages». Est-ce que Mme Plotin lui avait donné ce livre par erreur avec le courrier de la veille? Théo avait besoin d'une explication. Et vite.

Il s'assit sur le bras de son fauteuil et joua avec sa canne, l'inclinant tantôt à droite tantôt à gauche. Il reprit le livre. Au dos, il y avait une brève présentation de l'ouvrage et de l'auteur. Il s'agissait bien d'un essai sur les EMI, les expériences de mort imminente. L'auteur, Jean Delmotte, avait été un de ces « French doctors » qui soignent la misère du monde. La notice ajoutait : « *Il dirige désormais la clinique Bel-Air à Digne-les-Bains.* »

Théo poussa un petit cri blessé. Digne-les-Bains ! Lucie n'en était jamais revenue.

Le jeune homme quitta son appartement mais il savait qu'il n'irait pas au cimetière. Il se rendit à la bibliothèque municipale de Coutances.

– Bonjour, mademoiselle, dit-il en tendant l'ouvrage de Jean Delmotte à la bibliothécaire. Ce livre a été égaré par l'un de vos adhérents. Je vous le rapporte.

La jeune femme l'ouvrit et parut surprise.

– Je ne peux pas en faire grand-chose, dit-elle.

– Comment cela ?

– Il n'a pas été emprunté ici.

Théo fronça les sourcils. Il ignorait qu'il y eût deux bibliothèques à Coutances.

– Vous voyez, reprit la jeune femme en lui tendant le livre ouvert, il y a le cachet de la bibliothèque de Digne-les-Bains.

Livide, Théo reprit le livre et l'empocha. La bibliothécaire le regarda s'éloigner, beau comme un ange tombé sur terre.

– Monsieur Desmarets ! l'interpella la concierge, au pied de l'escalier. J'ai votre journal.

Elle lui tendit le numéro de *Toute la science* du mois de février.

– Merci, madame Plotin. Il fait meilleur, ce matin.

– Vous ne prenez pas l'ascenseur ? s'étonna-t-elle.

Je t'emmerde, pensa-t-il. Au bout de trois étages, il s'arrêta et faillit appeler l'ascenseur. « Bouge-toi », lui disait Lucie autrefois. Encore trois étages et il entra chez lui. Il s'assit à son bureau et regarda autour de lui. Lucie n'était pas là. Chaque jour, il faisait ce même constat. Parfois, il réussissait ce miracle de la croire en vie. Pas tout à fait, mais presque. Il savait qu'elle était morte, mais ce n'était pas important. C'était une question d'éclairage. Elle allait sortir de l'ombre, dire bonsoir. Ou bien téléphoner pour dire qu'elle serait en retard.

Le téléphone sonna. Pendant une seconde, Théo y crut. Ce serait sa voix.

– Allô, Théo ? C'est Coco. Tu pourrais appeler quand même !

Théo grimaça. Corinne, sa sœur.

– Écoute, secoue-toi un peu, lui dit-elle. Tu ne vas pas t'interdire de vivre. J'en ai parlé avec Emma. Emma Dubourg, mon égothérapeute. D'après elle, tu fais un deuil pathologique parce qu'on n'a pas retrouvé le corps de… Tu es dans l'impossibilité de faire ton deuil, tu comprends ?

Théo laissait dire, un demi-sourire sur les lèvres, des larmes glissant sur ses joues.

– Viens donc dîner, jeudi. Je te ferai des quenelles.

Théo eut un rire tremblé, un rire aux larmes.

– Je t'emmerde, dit-il doucement. Je t'en veux pas. Mais je… je t'emmerde.

Il s'assit à son bureau, prit *Toute la science* et en déchira l'enveloppe plastique. Premier article : « Les NDE font-elles la preuve d'une vie après la mort?» par le professeur Le Lyonnais. Théo reposa son magazine. Les *Near Death Experiments* n'étaient que l'appellation américaine des EMI, les expériences de mort imminente. Théo s'efforça de trouver la coïncidence amusante et promena le regard autour de lui. Il aperçut *Les Voyageurs d'outre-tombe* sur la tablette, près du téléphone. Il soupira et machinalement se mit à lire l'article du professeur Le Lyonnais.

L'auteur rappelait que ceux qui ont vécu des NDE, et qu'on appelle parfois des «expérienceurs», ne peuvent être tenus pour des ressuscités. Il s'agit de personnes qui ont frôlé la mort. Revenues à la conscience, elles disent à peu près la même chose. Elles ont revu toute leur vie en un instant. Elles ont rencontré des amis ou des parents morts, des inconnus bienveillants, peut-être des anges. Elles se sont senties tellement aimées qu'elles ont quitté les rives de la mort à regret.

La deuxième partie de l'article détruisait tous ces témoignages. Ces expérienceurs étaient tout bêtement la proie d'hallucinations dues aux anesthésiques. La kétamine, la fameuse kéta des ravers, suffisait à donner des visions colorées et la sensation de voler. Le professeur Le Lyonnais concluait vigoureusement que la mort est bien le pays dont parle Shakespeare, «d'où nul voyageur ne revient».

Théophile partageait l'opinion de l'auteur. Pourtant, l'article le mit en colère. Quel plaisir ce type éprouvait-il à écrire que la mort est la fin de tout? N'avait-il jamais aimé? N'avait-il jamais perdu un parent, un ami, un amour?

Sans l'avoir réellement décidé, Théo se retrouva debout près du téléphone, feuilletant le livre du docteur Delmotte. Page 46. « *Cette sensation d'affreuse solitude ne dura pas longtemps. Mais il est vrai que le temps, de l'autre côté, n'a pas de signification. Une seconde ou l'éternité, c'est pareil. Je devinai une présence. Je ne peux pas dire si l'être qui était là se tenait à ma droite ou à ma gauche. Il m'environnait. Je sentais sa chaleur, sa lumière, son amour. Je suis sûre qu'il me parla, mais cœur à cœur, et sans mots. Ce n'était pas Dieu. Il y avait en lui quelque chose de trop proche, de trop humain. Si je n'avais pas peur de paraître ridicule, je dirais que c'était mon ange gardien.* »

– Ridicule, oui, marmonna Théo en refermant le bouquin.

Il était agacé de s'être laissé happer par cette littérature. Pour se punir, il avança d'une heure sa séance de gymnastique.

Tous les jours, depuis que Lucie l'avait instituée, Théo se contraignait à une heure de rééducation. Il s'allongea sur la moquette, dans la chambre à coucher. Faire travailler sa jambe mutilée était douloureux et il faisait rarement les exercices à fond.

– Ah!

Il venait de pousser un cri de stupeur et de souffrance mêlées. Il avait forcé sur l'articulation de son genou.

Il resta un moment immobile, les yeux au plafond. Non, il n'avait pas forcé de lui-même. Quelque chose avait appuyé.

Péniblement, il se releva. *Je deviens fou. Corinne a raison. C'est pathologique.*

– Allô, Coco ? Oui, c'est Théo. Excuse-moi pour tout à l'heure. Je n'allais pas bien.

– Ce n'est pas grave. Je comprends, tu sais.

– Et... pour jeudi, ça tient toujours ?

– Je te ferai mes quenelles, promit Coco, bonne fille.

Théo raccrocha, encore tremblant. Il devait sortir, dîner en famille, aller au cinéma. Se changer les idées.

Le jeudi soir, Théophile décida que marcher lui serait bénéfique. Coutances, le jour, est tranquille. Coutances, la nuit, est mortelle. Seul résonnait dans les rues le bruit des pas de Théophile. Le vent le frappait de face. Mais dans son dos, Théo sentait une main posée à plat. Il lui fallait consulter un médecin.

Corinne l'accueillit avec un « ah » prolongé.

– J'espère que ça ne t'ennuie pas ? dit-elle en l'embrassant trois fois. J'ai invité quelqu'un. Emma. Tu sais, mon égothérapeute ?

Théophile écarquilla les yeux. Non ! elle n'avait pas osé ? Mais il était trop tard pour reculer. Didier, son beau-frère, lui tapait déjà sur l'épaule comme pour le réconforter.

– Voilà, dit Coco, avec un peu d'inquiétude au fond de la voix, je te présente Emma Dubourg.

L'égothérapeute était charmante. Et célibataire. Elle adorait les quenelles. Elle adorait les chats persans, les opéras de Mozart et la Laponie. Il n'aurait pas fallu grand-chose pour qu'elle adorât les boiteux. Théo laissait errer un sourire sur son visage tandis qu'il faisait semblant de l'écouter.

– Vous avez vu le dernier Woody? demanda-t-elle en penchant vers lui son décolleté.

Théo la fixa d'un regard absent. Coco vint à son secours:

– Oh, Théo ne va plus au cinéma.

Emma adorait Woody Allen.

– Je pourrais en parler pendant des heures.

Malheureusement, c'était vrai.

Vers minuit, Coco raccompagna Théo rue Tancrède. Dans la voiture, elle ne tarissait pas d'éloges sur Emma Dubourg.

– Elle est épatante, tu sais. J'ai suivi son séminaire sur le reprogrammation du moi par la pensée positive. Je te jure, ça a changé ma vie.

– C'est donc ça. J'ai trouvé tes quenelles moins bonnes.

Coco se gara.

– Tu te fous de moi, hein? dit-elle à son frangin.

Théo sourit si tristement que Corinne en eut des larmes dans les yeux.

– Tu as le droit d'être heureux.

– Et Lucie?

– Mais elle... elle est morte.

– Et tu crois qu'elle est heureuse?

*
* *

Le lendemain matin, Théo était à l'heure, mais raide de fatigue.

Il avait plu toute la nuit sur le cimetière et les croix pleuraient au-dessus des tombeaux.

Un coup de vent s'engouffra dans le long manteau mal fermé du jeune homme et le fit gonfler comme une voile. Une main invisible rabattit le vêtement. Théo se sentait environné, soutenu, enserré. Il aurait pu marcher, les yeux clos. D'ailleurs, il tenta l'expérience. Il ferma les yeux et il avança comme un aveugle guidé par un ange. Oui, c'était cela, il s'abandonnait entre les ailes d'un ange. Soudain, son pied buta. Théo rouvrit les yeux. Il était juste devant la tombe de Lucie.

3
LE DOCTEUR MIRACLE

Le docteur Delmotte posa près de son assiette son ouvrage *Les Voyageurs d'outre-tombe.* Antoinette Potvin abandonna la carte du restaurant pour y jeter un coup d'œil.

– Ah, vous avez ben fait de prendre vot' livre avec vous. Je vas enfin pouvoir le lire.

Les syllabes traînaient dans sa bouche de Québécoise comme la mélodie d'un vieux vinyle tournant au ralenti. Delmotte fronça les sourcils :

– Parce que vous ne l'avez pas lu ?

Elle venait l'interviewer et elle n'avait même pas pris connaissance de son livre !

– On l'trouve pus nulle part en librairie, se justifia-t-elle. Je l'ai demandé à la bibliothèque de Digne. Mais y paraît qu'on l'a volé.

Elle se replongea dans la lecture de la carte. Delmotte s'agita sur sa chaise, cherchant des yeux le garçon pour passer sa commande.

– Comment ça se fait qu'y font pas de chapon à l'auberge des Trois-Chapons ? demanda Antoinette.

– Je l'ignore, marmonna Delmotte.

C'était incroyable, ces gens qui perdaient du temps à se poser des questions sans intérêt.

– J'sais pas trop quoi prendre : la truite ou la sole…

Delmotte étouffa un ricanement. *On hésite, on hésite et la vie vous file entre les doigts. Cette Potvin n'était plus de première jeunesse. En mettant les choses au mieux, il lui restait quoi ? Trente-cinq, allez, quarante ans à vivre. Et moi ?* songea Delmotte.

– C'est-tu vrai qu'on vous appelle le « docteur Miracle » ?

– Pardon ?

Antoinette avait sorti un calepin à couverture rose et elle commençait l'interview.

– C't un vieux radoteux qui m'a parlé de vous, aux Thermes… Alors, docteur Miracle ou pas ?

Delmotte regarda le fond de son verre. Il n'aurait pas dû prendre un deuxième whisky. Un verre, c'était bon pour ses artères. Deux, c'était mauvais pour son foie.

– Je soigne les gens de mon mieux.

La journaliste jeta un coup d'œil sur la page vierge de son calepin.

– Ça vous dérangerait-tu de me raconter l'histoire de l'ouvrier espagnol qui est ressuscité dans votre clinique ?

Delmotte haussa un sourcil ironique.

– Il arrive que des gens entrent vivants dans un hôpital et en ressortent morts. L'inverse se produit rarement… Excusez-moi.

Delmotte venait de sentir une vibration contre sa poitrine. Il extirpa le portable de la poche intérieure de sa veste.

– Oui, Mathilde.

– …

– Il est en route ? Bon, très bien. J'arrive.

Delmotte se leva, oubliant un instant qu'il n'était pas seul à table. Puis il remarqua l'air ébahi d'Antoinette.

– Je suis désolé. Une urgence à la clinique. Que cela ne vous empêche pas de déjeuner. L'addition est pour moi, naturellement.

Il lui fallait faire vite. Il récupéra sa Volvo et suivit les berges de la Bléone. Puis, comme d'habitude, il tourna devant Samten Dzong, la villa où était morte la gloire locale, l'exploratrice Alexandra David-Neel. *À cent un ans*, songea Delmotte.

Quand il passait les grilles de sa clinique, Jean Delmotte devenait quelqu'un d'autre. Il troquait son nœud papillon et son costume pied-de-poule contre une blouse blanche. Jean était médecin. C'était son choix depuis l'enfance. Ce petit homme sec à la chevelure neigeuse en imposait à tous. On le croyait sûr de lui et on l'écoutait. Or, il partait perdant. Quoi qu'il fasse, tous les hommes et toutes les femmes qui entraient dans sa clinique mourraient un jour.

Une heure plus tôt, Laurent était de ceux qui se croient immortels. Dix-neuf ans. Puis, soudain, à la sortie d'un lacet de montagne, devant lui, il y avait eu un précipice.

Quand Delmotte parvint au bloc opératoire, un premier diagnostic avait déjà été dressé. Enfoncement de la boîte crânienne, éclatement de la rate, toute une collection de fractures. Mathilde informait Delmotte de ce qu'elle savait, tout en nouant la ceinture de sa blouse, en lui passant ses gants, son masque.

– C'est le fils de Besson, le buraliste, chuchota-t-elle enfin.

Une pensée agacée traversa l'esprit de Delmotte. Le fils du buraliste... cela signifiait qu'il aurait la famille sur le dos. Puis sa mauvaise humeur se tourna vers la journaliste québécoise. Il n'aurait jamais dû accepter ce déjeuner. Voilà maintenant qu'il allait devoir opérer avec deux verres de whisky dans le sang.

Le docteur Ellisalde avait pris les mesures d'urgence. Le gamin était sous assistance respiratoire. Delmotte vit avec consternation l'os broyé juste au-dessus de la tempe. Le pouls était lent et l'œil fixe quand on soulevait la paupière.

D'un mot, d'un geste, Delmotte donnait ses ordres. Ils étaient quatre autour du jeune Besson. Le docteur Ellisalde, Mathilde, Fabienne et lui... Lui qui avait un mal fou à se concentrer. Ses pensées le ramenaient vers Samten Dzong. C'était là que l'infatigable voyageuse avait posé ses bagages. Peut-être avait-elle cru que la mort l'y oublierait? Cent un ans!

– Non, dit Delmotte.

– Vous dites, professeur?

Ellisalde s'était immobilisé, les deux mains plongées dans la plaie béante de la cavité abdominale.

– Continuez, docteur, fit Delmotte.

Il avait parlé tout haut sans s'en rendre compte. Non. Pas cent un ans. Cent ans et dix mois. *J'en ai cinquante-deux. Cela me laisserait quarante-neuf ans. Non, quarante-huit et des poussières.*

Poussières de temps. Comme celles qui avaient permis à Alexandra David-Neel de voir s'envoler le premier avion et atterrir la première fusée. À cent ans, elle s'apprêtait à repartir pour la Chine et le Tibet. À cent ans et dix mois, elle avait finalement passé l'autre frontière.

– Professeur, on est en train de le perdre.

Delmotte n'avait pas besoin de regarder les tracés lumineux sur le petit écran. Personne ne savait mieux que lui où se situait la frontière. Quand le cœur ralentissait, quand l'activité électrique du cerveau s'éteignait, sa longue expérience l'en avertissait.

– Professeur !

Sans attendre de réponse, Ellisalde avait pris l'initiative. De tout son poids, il pesait sur la poitrine du jeune homme. À chaque secousse, un filet de sang coulait de la table d'opération.

C'est-tu vrai qu'on vous appelle le docteur Miracle ?

– Professeur, vous riez.

La remarque de Mathilde le fit sursauter.

– Ce n'est pas la peine, docteur Ellisalde, dit-il d'une voix cassante. Vous ne le rattraperez pas.

Laurent Besson avait dix-neuf ans et il ne verrait rien du XXIe siècle.

Delmotte se lavait les mains depuis de longues minutes. Il sentait le regard de Mathilde peser sur son dos.

– Quoi ? Qu'est-ce qu'il y a ? Qu'est-ce que vous avez ? demanda-t-il en se retournant.

– Vous n'avez pas tout tenté...

– Vous croyez aux miracles, Mathilde ?

– Si ça n'avait pas été le fils du buraliste…

– Je n'ai rien contre cet homme-là. Je le connais à peine.

– Vous me comprenez très bien. Je ne veux pas que ça recommence.

– Ça n'a aucun rapport. Le gamin était trop loin. Dites à Fabienne de prévenir la famille.

– Si vous le permettez, professeur, je vais le faire moi-même.

Delmotte fit un signe de tête et dut s'appuyer au mur. Il tremblait de fatigue. *C'est la preuve*, songea-t-il, *j'ai tout tenté.*

– Ça va ? s'inquiéta Mathilde.

– Un étourdissement. C'est passé. Est-ce que Iosef est rentré ?

– C'est jeudi. Il a cours jusqu'à cinq heures.

*
* *

Iosef était en classe quand il sentit venir le malaise.

– Qu'est-ce qu'il y a, Iosef, vous avez un problème ?

– Faut que je sorte.

Redoutant les moqueries, il aurait préféré tenir jusqu'à la sonnerie. Mais la lumière, la lumière s'approchait.

– Vous avez mal quelque part ?

Mme Nguyen s'alarmait.

– Aldo va vous accompagner.

– Non, c'est pas la peine. Je vais aux toilettes.

La prof n'insista pas. D'ailleurs, Aldo n'avait pas fait mine de bouger.

Iosef poussa de l'épaule l'une des portes à claire-voie. Il n'eut que le temps de s'appuyer au mur, saisi par la convulsion. Ses yeux révulsés virent s'ouvrir devant lui le gouffre de lumière. Puis un écran noir lui boucha la vue. Le bourdonnement qui emplissait ses oreilles fit place à un soudain tambourinement. On cognait à la porte.

– Sors de là, le mouchard!

Il leur suffit d'un coup de pied. Les portes n'avaient pas de verrou.

– Tiens, Delmotte! Justement, on voulait te voir.

C'était le grand Berthoud et le petit Simonnet. Iosef les avait probablement dérangés en train de fumer une clope dans le cabinet voisin.

– Faut que je remonte en classe, dit-il. Je me sentais pas bien.

– On a une petite commande pour toi, dit Simonnet. T'as toujours la clef?

– Je suis pas une pharmacie.

– C'est pour Berthoud. Il est timide…

Berthoud mesurait désormais un mètre quatre-vingts. Il avait une mâchoire de dogue et des yeux étonnamment doux. Près de lui, Simonnet faisait toujours figure de gringalet. Mais c'était Simonnet qui faisait peur.

– On va en boîte, samedi, expliqua Berthoud. Au *Belzébuth*. Le fric, ça va…

Le grand Berthoud était le fils de la supérette. Il se servait dans le tiroir-caisse.

– Mais j'ai besoin d'un truc pour les filles. Faut que tu me donnes un truc.

– Je suis pas sorcier, répliqua Iosef. Tu peux prendre n'importe quoi, t'auras toujours la même tronche.

– Elle plaît, ma tronche. Mais quand je suis amoureux, je bégaie.

– Qu'est-ce que tu veux, du Viagra ?

– Arrête tes conneries.

– Il veut te parler de ce truc, coupa Simonnet, impatienté. Le Rophy.

– Du flunitrazepam, corrigea Iosef d'un ton méprisant. Il devrait pas, ça rend méchant.

– C'est pas ton problème. Demain, même endroit, après la cantine, décida Simonnet. Et t'en prends aussi pour moi.

Un trio d'enseignants traversait la cour. Les deux grands battirent en retraite, Simonnet tendant vers Iosef un index menaçant.

– Ils avaleraient n'importe quoi, marmonna Iosef.

L'idée le travailla tandis qu'il remontait en classe.

Quand Iosef passa les grilles de la clinique Bel-Air, il savait déjà ce qui s'y était passé. Quelqu'un était mort et Iosef pouvait même dire à quelle heure.

Rien n'évoquait moins la maladie que le parc de Bel-Air. Avec ses larges allées conduites par des arbres centenaires et ses bungalows dispersés parmi les massifs, on aurait dit un village de vacances. Iosef prit le chemin gravillonné qui menait au Pavillon Bleu. Ce bungalow, toujours fermé à clef et situé à l'écart des autres, se dissimulait derrière une haie de bambous à tiges noires. Iosef entra. Il avait un double de la clef. Il se rendit droit au local carrelé qui abritait la pharmacie. Bien sûr, ce n'était pas la pharmacie principale, juste un poste de secours. On y trouvait des boîtes entamées, des flacons aux trois quarts vides et même des produits dont la date limite d'utilisation était dépassée. Malgré tout, il y avait là de quoi empoisonner les vingt mille habitants de Digne-les-Bains.

Iosef imagina Berthoud et Simonnet sur la piste de danse, se trémoussant parmi des filles court vêtues, bien trop belles pour eux. Puis la scène changea brusquement. Berthoud et Simonnet, le visage couvert de sueur, pris de nausées, de fièvres, d'envies urgentes, sortaient du *Belzébuth* en titubant.

Iosef sursauta. Par la vitre épaisse de la fenêtre, il avait deviné la silhouette de Jean derrière les bambous. Sa main se précipita sur une boîte. Il prit quatre comprimés. Berthoud et Simonnet auraient leur Rophy. Pour une raison que lui seul connaissait, Iosef ne pouvait rien leur refuser.

Il referma la porte à clef puis il alla à la rencontre de son père.

Comme le docteur Delmotte, Iosef était petit. La ressemblance s'arrêtait là. Jean était sec, et Iosef rond, l'un avait l'œil clair, et l'autre le regard noir. Les vêtements de Jean semblaient sortir du pressing et ceux de Iosef d'une rixe. Quand ils avaient fait connaissance, Jean avait cinquante ans et Iosef en avait neuf.

– Tu es rentré depuis longtemps ? s'informa Delmotte.

– J'ai demandé à sortir, répondit Iosef. À cause du mort. Qui c'était ?

– Tu as senti quelque chose?

– C'est qui?

– Le fils Besson. Tu sais, le tabac.

Iosef scruta les traits défaits de Jean.

– Il a pas traîné, remarqua-t-il.

– Ce sont des choses qui arrivent. Comment était-ce? Je veux dire, ton malaise, c'était fort?

– J'ai eu un éblouissement, et après c'était tout noir. Mais j'ai des crampes maintenant.

– Rien d'autre?

– Rien. Il a pas dû traîner, insista Iosef.

Delmotte s'essuya les mains sur sa blouse blanche, comme pour en éliminer les traces de son échec.

– Je n'aime pas ça, dit-il. Que ça te fasse mal.

Ils bavardèrent encore un instant. Ils parlèrent de la neige annoncée pour le lendemain. Puis de la vieille Mme Gobillard, une mourante qui se plaisait tant au Pavillon Jaune qu'elle vivrait bien encore un siècle ou deux. Enfin, se souvenant que Iosef était aussi un collégien, le professeur lui suggéra d'aller faire ses devoirs.

Iosef feignit de se diriger vers sa maison, située à la lisière du parc, à deux cents mètres environ du Pavillon Bleu. Quand Jean fut hors de vue, il revint sur ses pas. Cette fois, il délaissa la pharmacie.

À droite, il y avait un couloir et une grande vitre au bout. Iosef ne s'en approcha pas tout de suite. Tête baissée, les yeux fixés sur les lignes du carrelage, il se mit à parler tout haut comme s'il y avait quelqu'un.

– J'ai pris quatre Rophy, dit-il. Je m'en fous de ce qui leur arrivera. Je sais… Il faut pas souhaiter la mort des gens parce que…

Iosef éclata de rire. Les paroles d'une chanson entendue à la radio lui étaient revenues en mémoire. Il les chantonna :

– « Il ne faut pas souhaiter la mort des gens… ça les fait vivre plus longtemps… »

Puis il se remit à parler dans le vide, d'une façon très naturelle :

– Ça nous débarrasserait… Ils me prennent pour une pharmacie. Un jour, je vais me faire piquer. C'est pour Jean que je fais tout ça. Et pour toi. Pour nous.

Il avança de deux pas en direction de la vitre.

– J'ai vu passer un mort aujourd'hui. C'est pas la peine que tu m'appelles. Au moins pendant deux jours.

Il posa les mains sur la vitre, pressa le nez contre la surface froide et regarda. Comme il aimait la paix de cet endroit !

Les gouttes tombaient de la grande poche transparente. Puis elles glissaient le long du tuyau. Les chiffres lumineux tournaient sur les cadrans. Dans l'ombre, de petits voyants rouges flashaient, avec la régularité d'un cœur battant.

4
Lucy in the sky

Digne-les-Bains s'éveillait en claquant des dents. Théo se gara place Pied-de-Ville.

Il avait pris sa décision en revenant du cimetière. Quelqu'un avait emprunté *Les Voyageurs d'outre-tombe* à la bibliothèque municipale de Digne. Il voulait savoir qui.

Dès qu'il sortit de la voiture, il se souvint du serment qu'il s'était fait un mois d'avril. Ne jamais revenir ici, éviter le mot « digne », éviter le mot « bain ». Hébété par toute une nuit de route, Théo regarda autour de lui en clignant des yeux. La lumière était blessante comme la pointe d'une flèche.

« Monsieur Desmarets ? Ici, la gendarmerie de Digne. Brigadier Lheureux. C'est au sujet de votre femme... »

Cette ville était un cauchemar solidifié. Pourquoi était-il revenu ? Pourquoi ne repartait-il pas maintenant ? Va-t'en ! Mais il ne pouvait pas.

Il se mit en marche, poussé dans le dos. Ce n'était plus une main entre ses omoplates, c'était un fer chaud. Il était boulevard Soustre. Soustre : chaque nom était une souffrance.

« Il n'y a plus d'espoir, monsieur Desmarets. Avec la crue, vous comprenez ? Le corps est loin. »

8 h 45, il était trop tôt pour se rendre à la bibliothèque. Il s'arrêta devant l'hôtel du Petit-Paris, poussa la porte aux carreaux dépolis. À l'intérieur, il faisait trop chaud.

– Vous désirez ?

Théo regarda l'homme qui lui parlait.

– Vous ne me reconnaissez pas ? lui dit-il.

Lui le reconnaissait.

– Vous savez, on voit tellement de monde, s'excusa le patron. Alors, un café ?

Théophile acquiesça. Le regard de l'homme tomba sur la canne.

– Ah, si ! fit-il

Il jeta un coup d'œil presque effrayé à Théophile puis disparut en cuisine. Ce fut la patronne qui apporta le café.

Il lui demanda le chemin pour aller à la bibliothèque. C'était tout droit en montant par la rue Léon-Mariaud.

Théophile vérifia les horaires d'ouverture avant de pousser la porte.

– Bonjour, monsieur ! Vous êtes matinal...

Théo haussa un sourcil. La chaleur de l'accueil l'avait surpris. Une jeune fille lui souriait derrière la banque de prêt. Il s'approcha en accentuant sa boiterie. Il n'avait pas envie de lui plaire.

– *Les Voyageurs*... oh ! s'exclama la jeune bibliothécaire. On me l'a réclamé, hier. Alors, c'est vous qui nous le gardiez ?

Elle avait pris un ton de gronderie tendre. Théo rougit.

– Non, non, balbutia-t-il. Je le rapporte de la part de… Enfin, je ne sais pas. Je pensais que vous pourriez me dire qui l'avait emprunté.

– Mais c'est vous.

Théo, pétrifié, regardait la bibliothécaire.

– Je vais le mettre de côté, reprit-elle. Comme ça, si l'autre personne repasse…

Théo jeta un regard désemparé autour de lui. C'était une bibliothèque un peu démodée avec des rayonnages en bois et de vieux fauteuils pour de vieux usagers. Il n'était jamais venu ici. Il fit un pas vers la sortie puis se retourna :

– La personne… l'autre personne, c'était qui ?

– À mon avis, c'était une Québécoise, vous savez…

La jeune fille imita la façon de parler d'Antoinette Potvin :

– Avec ce genre d'accent…

Une fois dehors, Théo considéra longuement le bâtiment, la tour qui s'y accotait, les hauts murs d'où le crépi s'en allait par plaques. Il secoua la tête. C'était un des rares endroits de Digne qu'il n'avait jamais vu.

Il n'avait plus aucune raison de rester. Pourtant, une heure plus tard, il était encore là au-dessus des eaux de la Bléone. Comme la veuve d'un marin regarde la mer, il regardait la rivière qui lui avait pris Lucie. À cause de la Bléone, il ne disait plus le mot « blé », il ne mangeait plus de pain.

Il s'aperçut alors qu'il n'était pas seul sur les rives. De l'autre côté, il y avait un enfant accroupi au bord de l'eau et qui semblait très absorbé par l'examen d'un objet. Théo fit demi-tour et repartit vers sa voiture, en s'appliquant à ne pas boiter. Il jouait de son infirmité, tantôt faisant pitié, tantôt forçant le respect. C'était comme ça qu'il avait gagné Lucie, non? Il s'assit derrière son volant et se laissa aller à rêver. Quand il était arrivé à Garches, pantelant, disloqué...

*
* *

Lucie y était kiné. D'abord, il ne lui avait pas prêté attention. Après son accident de moto, il était passé entre tant de mains. D'ailleurs, c'était ce qu'il avait remarqué en premier: ses mains. Froides. Le premier contact sur la peau était désagréable. Musclées, précises. Elles s'emparaient du corps. Puis devenaient chaudes. Ou c'était le corps de Théo qui brûlait. Il attendait la séance avec la kiné. Sa kiné. Il refusait de travailler dès que quelqu'un d'autre venait pour la rééducation.

– Vous savez que tout le monde vous trouve méprisant?

Lucie lui posa la question, tout en le malaxant.

– Vous savez que ça m'est égal? Vous me faites mal, ce matin! Vous le faites exprès?

– Oui.

Ses dents. C'était la deuxième chose qu'il avait notée. Elle riait en découvrant les dents, d'une façon presque animale.

– Mais allez-y, gueulez! lui dit-elle. Vous avez de la colère à évacuer. Ne contrôlez pas. Lâchez.

– Je t'emmerde !

Ses yeux quand elle riait. Noirs avec des flammes rousses. Au bout de quinze jours, elle connaissait Théo par cœur, elle le regardait sans la moindre pudeur.

– Je suis bien arrangé, hein ? ricana-t-il, ce matin-là.

– Belle cicatrice, répondit-elle en la parcourant du doigt.

La cicatrice remontait haut sur la cuisse. *Drôle de geste*, pensa Théo. C'est à partir de ce jour-là qu'il se prit à regarder Lucie autrement. Ses mains, ses yeux, ses dents. Lui était en pièces détachées, mais pas elle. Elle était Lucie. Sa lumière. *Lucy in the sky*. Il l'aimait. Ah oui, fait comme un rat ! Il n'avait jamais aimé comme ça.

– Et toi, tu crois qu'un jour, tu m'aimeras ?

Elle s'assit sur le bord du lit.

– Un infirme, dit-il en riant douloureusement.

– Un égoïste et un colérique, répliqua-t-elle en glissant une main sous le drap.

Elle avait osé poser la main là. En un instant, il était redevenu homme et pas qu'à moitié. Et le médecin chef était entré dans la chambre.

*
* *

Théo éclata de rire en revivant la scène. Se souvenir, c'est presque du bonheur. Peut-être fallait-il ce retour à Digne pour le découvrir ? Il démarra. Il avait faim. Il décida d'aller déjeuner à l'auberge des Trois-Chapons.

– Et vous n'avez pas de chapon? demanda-t-il au garçon.

– Non, monsieur, soupira le garçon que la question commençait à fatiguer.

À la table voisine, il y avait une femme qui avait dû être très belle. Elle lança un coup d'œil expert à Théo. Un jeune homme tout seul au restaurant. Disponible ou pas? Antoinette Potvin sortit un livre pour se donner une contenance. Théo avait tout de suite senti qu'il intéressait sa voisine. Il s'était donc appliqué à ne pas regarder de son côté. Mais en reposant le menu sur la table, il fit tomber sa canne. Antoinette la ramassa et la lui tendit.

– Es-tu belle, rien qu'un peu! Où c'est que vous l'avez achetée?

– Chez un antiquaire de Coutances. Une canne du XIXe siècle.

Le pommeau représentait un dragon ciselé dans l'argent.

– Vous êtes beau rare avec ça!

Elle était directe, au moins. Théo s'en amusa intérieurement. Pourtant, quelque chose le gênait. Cette façon de parler? Il tressaillit et regarda de nouveau vers la table voisine. Antoinette faisait semblant de lire.

– Ah, c'est vous! s'écria Théo.

– C't en plein moi, m'sieur! fit-elle en reposant *Les Voyageurs d'outre-tombe* à côté de son assiette.

– C'est vous qui avez demandé ce livre à la bibliothèque?

Sur-le-champ, Théo changea d'attitude. Il ôta discrètement son alliance, la glissa dans une poche de sa veste et sourit à la Québécoise, à la fois charmeur et hésitant. Il inventa une histoire. Il était journaliste à *Toute la science*, il se passionnait pour les EMI, il souhaitait interviewer l'auteur de ce livre.

– J'ai eu ben d'la misère à lui arracher un peu d'son temps, lui signala Antoinette. Mais j'ai le numéro de téléphone direct où y travaille, à la clinique. J'vous l'échange contre un p'tit café.

Finalement, ils déjeunèrent ensemble.

Au café, Antoinette posa la main sur le bras du jeune homme.

– Vous avez donc ben l'air triste?

Sans attendre de réponse, elle lui tendit la carte du docteur Jean Delmotte, comme on rend à quelqu'un sa liberté.

Théo repartit par les rues de Digne, avec la carte dans sa poche. Sans intention précise, il se rendit à la clinique Bel-Air. Les grilles en étaient largement ouvertes. On était samedi et les malades avaient de la visite. Sous les arbres, une vieille dame au bras d'une plus jeune faisait quelques pas. Le soleil était devenu plus chaud et la mince pellicule de neige avait déjà fondu. Il régnait une atmosphère de grande paix dans ces lieux, de tranquille convalescence. Théophile inspira largement. Était-ce cela qu'il était venu chercher à Digne-les-Bains, l'apaisement?

Il avança dans l'allée centrale. Des pancartes indiquaient: «Pavillon Rouge URGENCES», «Pavillon Rose MATERNITÉ». C'était une clinique haut de gamme, qui donnait presque envie d'être malade. D'ailleurs, le personnel qui circulait semblait détendu, content de travailler là.

– Bonjour, madame Gobillard. Alors, on prend le soleil ?

La très vieille dame était toute tassée au fond de son fauteuil roulant, sur le pas du Pavillon Jaune. Elle eut un bredouillement aimable. L'infirmière qui venait de la saluer s'adressa à Théo, croyant que le jeune homme était en rééducation à la clinique, avec un cordial :

– Ça va mieux, monsieur ?

– Ça va, répondit le garçon avec un sourire appuyé.

Il fit deux pas et regarda derrière lui. L'infirmière s'était arrêtée et le suivait des yeux. Théo s'éloigna, la canne conquérante. Si Coco l'avait vu faire, elle se serait dit que le deuil pathologique était en bonne voie de guérison.

Théo passa devant le Pavillon Rose, puis devant le Vert. Au-delà, la route n'était plus qu'un chemin non carrossable. Derrière une haie de bambous, on entrapercevait un dernier bâtiment, un bungalow qui semblait désert. Théo fit demi-tour. À hauteur du Pavillon Rose, il croisa toute une famille endimanchée qui apportait des fleurs et des gâteaux à une jeune accouchée. D'ordinaire, le bonheur des autres mettait Théophile en colère. Il se contenta de regarder de l'autre côté de la route. Là, il vit un garçon d'une dizaine d'années, accroupi au pied d'un arbre et qui semblait très absorbé. Théo repensa à l'enfant près de la Bléone. Était-ce lui ? Il était très brun de peau et de cheveux, habillé trop légèrement pour la saison et un peu débraillé. Tout en faisant ces constatations, Théo s'était avancé vers lui. Soudain, il fronça les sourcils. L'enfant tripotait une montre à son poignet. Était-ce possible ? Cette grosse montre, on aurait dit... Le garçon releva la tête. En une fraction de seconde, Théo lut la peur dans ses yeux.

– Quoi ? fit-il en se redressant.

– Tu pourrais me donner l'heure ?

Iosef rabattit sa manche.

– Elle marche pas.

– C'est dommage. C'est une belle montre.

Une Rolex Explorer. Une montre d'adulte. La même que Lucie portait au poignet, le jour où elle était tombée du ciel.

– Je peux la voir ? insista doucement Théo.

Iosef prit son parti très rapidement. Il fila comme une flèche vers le Pavillon Rose. Théo ne pouvait pas le rattraper. Il le regarda courir vers la maternité et y entrer. Il aurait pu le suivre, mais il risquait de tomber sur les parents. Et que pourrait-il leur dire ? « Ma femme avait la même montre que votre fils. » Et après ?

En s'éloignant de la clinique, Théo poussa une exclamation de dépit. Un jour, en faisant de la varappe, Lucie avait rayé le cadran de la montre. Et après ?

Il était impossible que l'enfant eût au poignet la montre de Lucie. Il ne servait à rien de vouloir vérifier l'état du cadran.

Théo se retrouva donc, une fois de plus, à errer dans les rues de Digne. Boulevard Soustre. Cela n'avait plus aucun sens. Il décida d'aller se réchauffer au Petit-Paris en prenant un dernier café. Puis il rentrerait chez lui. Il avait envie de tourner la page, une page de sa vie. Comment s'appelait la copine de Coco ? Ah, oui, Emma ! Dès qu'il serait à Coutances, il l'appellerait, ils iraient voir Woody au cinéma.

– Un café.

Le patron du Petit-Paris était devant Théo et continuait de l'interroger du regard.

– Un café, répéta Théo.

L'homme se pencha vers lui :

– J'ai quelque chose à vous dire.

Théo lui désigna une chaise, mais le patron secoua la tête et murmura :

– Pas ici. Après votre café, vous suivrez la pancarte W.-C. Ça donne dans la cour.

Ce fut la patronne qui lui apporta sa tasse fumante. Elle avait l'air mécontent de quelqu'un qui vient de se quereller. Théo se brûla la langue en avalant trop vite son café. Puis il rejoignit le patron dans la cour.

– Alors ?

– Écoutez, ma femme est pas d'accord que je vous parle. Mais quand même... C'est au sujet de votre histoire. Vous savez, dans un hôtel, on entend des choses.

Le cœur de Théo s'était emballé.

– Quelles choses ?

– Y a des gens qui ont trouvé bizarre qu'on retrouve pas le corps. La Bléone, ça va dans la Durance, d'accord, et y avait la crue, d'accord. Mais quand même...

– Quand même quoi ? s'écria Théo.

– Y a des gens qui ont trouvé ça bizarre, répéta le patron. On retrouve des morceaux du parapente, les ficelles et tout... et on retrouve pas le corps ? Comment qu'il s'est détaché ?

Il laissa passer un silence puis se décida :

– Y a eu des bruits comme quoi votre femme, elle a été assassinée. Voilà.

– Non, gémit Théo.

Il ne pourrait pas repartir de Digne. Il ne tournerait pas la page. Il devait savoir la vérité.

– Qui a dit ça ?

Le patron fit un geste vague :

– Les gens disent ci et ça. Je peux pas vous dire qui a dit quoi.

– La montre, murmura Théo.

Avait-on tué Lucie pour une Rolex ? Ou l'avait-on volée après l'accident ? Était-elle morte sur le coup, l'avait-on achevée après coup ? Les gendarmes n'avaient pu trouver aucun témoin du drame. Personne n'avait vu Lucie dans le ciel, personne ne l'avait vue chuter vers la terre, ce qui était au fond bien surprenant. Théo ferma les yeux un instant, laissant déferler en lui d'horribles images : Lucie se posant sans dommage près de la Bléone puis se faisant agresser. Mais où était son corps ? L'avait-on jeté à la rivière ?

Théo attrapa le patron par une bretelle de son tablier.

– Dites-moi, à la clinique Bel-Air, j'ai vu un garçon de neuf ou dix ans. Il est sûrement de Digne.

C'était inepte. Les petits garçons ne devaient pas manquer à Digne-les-Bains mais Théo se lança dans une description :

– Très brun, presque un air de petit bohémien, assez trapu.

– Trapu ?

Le patron n'osait pas demander la signification de ce mot.

– Oui, un peu… un peu bouboule, précisa Théo en enflant les joues.

– À la clinique ? Oh, mais c'est Iosef, ça ! C'est le fils au docteur.

– Le docteur Delmotte ?

Le patron fit oui de la tête puis se ravisa :

– C'est que son fils adoptif. Une drôle d'histoire, ça aussi. La mère du petit, c'était, comme vous dites, un genre de bohémienne, vous savez de par là-bas, Bosnie ou je sais pas quoi. On l'a retrouvée dans un garni, elle avait pris plusieurs coups de couteau, pas belle à voir, avec le gosse qui était là, à attendre à côté du lit.

Le patron poursuivit l'histoire en insistant sur la bonté du docteur Delmotte qui avait tout fait pour sauver la mère.

– Elle est restée plusieurs heures en réanimation. Mais pour finir, elle est morte.

Le petit Iosef était resté collé à sa mère, sans pleurer, sans même avoir l'air de souffrir. On aurait cru un débile, parlant tout seul dans une langue inconnue. Le docteur l'avait apprivoisé, puis il l'avait adopté.

– C'est un type, vous savez. Chez nous, on l'appelle le « docteur Miracle ». C'est pas le bon Dieu, bien sûr. Il peut pas tout, et puis il est comme tout le monde, il vieillit. Le pauvre Laurent, le fils aux Besson, il a rien pu pour lui. Mais c'est sûr qu'il ira à l'enterrement, lundi matin.

– Je vais vous prendre une chambre jusqu'à lundi midi, décida Théo.

La nouvelle ne parut pas réjouir le patron.

Dès qu'il avait échappé à Théo, Iosef s'était caché dans les toilettes de la maternité et il avait ôté la montre de son poignet. D'ailleurs, c'était vrai, elle ne marchait plus.

À présent, il devait prévenir Jean.

– Ton père est au bloc, lui indiqua Mathilde à la réception.

– Vous pouvez lui dire que je veux lui parler ?

– Non, c'est grave, une opération, Iosef. On ne peut pas déranger le docteur.

Une bouffée de chaleur lui envahit le visage. Elle venait de repenser à Laurent Besson. Dépité, Iosef courut tout de même jusqu'au Pavillon Rouge où se trouvaient le bloc opératoire et la salle de réveil. Il décida d'attendre, assis par terre dans le couloir.

– Mais qu'est-ce que tu fais là ?

Delmotte, sortant du bloc, venait d'apercevoir son fils dans la pénombre.

– Faut que je te parle, Jean.

– J'ai besoin de prendre un bain.

– Non, maintenant.

Ils étaient seuls dans le couloir. C'était le moment.

– J'ai vu le boiteux à la clinique, fit Iosef, une grimace de dégoût lui tordant le visage.

– Quoi ?

Mais Iosef n'avait pas l'intention de répéter sa phrase.

– Tu es sûr? murmura Delmotte. C'était bien lui?

– Il est pas facile à oublier, répondit Iosef, toujours avec cette grimace dégoûtée.

– Mais qu'est-ce qu'il vient faire? Il ne peut pas savoir...

Delmotte se tut. Sa conscience ne lui reprochait rien. Il avait fait et il faisait ce qu'il fallait faire. Mais tout le monde ne comprendrait pas.

– Il faudrait s'en débarrasser, dit-il en entraînant Iosef par la main.

L'enfant crut d'abord que son père parlait du boiteux. Puis il comprit qu'il ne s'agissait pas de lui. Il retira violemment sa main de la main de Jean.

– Ça, jamais! s'écria-t-il. Je ne veux pas! Si tu fais ça...

– Tais-toi, murmura le docteur. Je ne le ferai pas. Tu sais bien, je ne peux pas...

Ils marchèrent tous deux, côte à côte, le souffle désordonné. Ils quittèrent le Pavillon Rouge, passèrent devant le Jaune où Mme Gobillard n'en finissait pas de mourir, le Rose où les jeunes accouchées grignotaient leurs gâteaux.

Les lampadaires qui éclairaient la route s'espacèrent. Puis ce fut le noir de la nuit.

– Tu n'y toucheras pas? dit Iosef quand ils eurent dépassé le Pavillon Bleu.

– Non.

– Sûr?

– Oui.

Par moments, Jean détestait l'enfant. Iosef glissa sa main dans la sienne et Jean la serra. Ils étaient unis comme la mort à la vie.

5
LA NUIT TOMBE

Le sens des convenances chez Théo était aussi pointilleux que sa politesse. Il lui fallait une cravate noire pour aller à l'enterrement du jeune Besson. Il se retrouva à déambuler rue de l'Hubac en fin d'après-midi. Il ralentit le pas devant la vitrine de *Maryline lingerie fine*. C'étaient les soldes. Il rêva devant une guêpière rouge et eut la brève vision d'Antoinette Potvin en body panthère à -25%. Il cingla sa jambe blessée d'un coup de canne et repartit.

Sur le trottoir d'en face, *Black Moon* soldait des manteaux noirs et des chemises à dentelles dans un décor de crypte en carton pâte. Un mannequin repoussait le couvercle d'un sarcophage, dans un costume en deuxième démarque à -40%. Théo, qui n'avait jamais entendu parler de la mode gothique, songea à un étalage de Halloween ayant dépassé la date de péremption. Il fit tinter brutalement le carillon de la porte d'entrée. L'air froid entra avec sa longue silhouette et le vendeur lui jeta tout de suite un regard d'approbation. En toute innocence, Théo arborait un look vampire victorien qui charmait l'œil du connaisseur.

– Vous désirez un renseignement?

– Non, merci, seulement une cravate noire, je vous prie.

La politesse glaciale de Théo amena un sourire extasié sur les lèvres du vendeur. Théo en eut un sursaut. Sans doute avait-il été trompé par le mauvais éclairage de la boutique ? Il avait cru voir deux canines taillées en pointe. Mal à l'aise, il se dirigea vers un présentoir de cravates. Il n'aurait aucun mal à en trouver une noire puisqu'elles l'étaient toutes, mais les têtes de morts fluo ne lui parurent pas bien indiquées pour un enterrement.

S'habituant à la pénombre, Théo distingua au fond du magasin deux adolescents en train d'essayer d'énormes Doc Martens. Près de lui, le drapé rouge d'une cabine d'essayage s'entrouvrit. Les cheveux noirs et huileux, de faux cernes autour des yeux, une très jeune fille en sortit. Accompagnée de sa maman dépassée par les événements, elle était venue se choisir une veste en cuir très près du corps.

– Ça te bride, dit la mère. Tu peux pas fermer.

– Mais c'est bon, lâche-moi.

– Ça t'écrase les seins, regarde-toi.

L'adolescente leva les yeux vers son reflet et croisa le regard de Théo dans le miroir. Elle rougit.

– Je te dis que c'est bon.

Dans le fond de la boutique, le garçon qui se débattait avec le laçage de ses chaussures releva la tête. C'était Simonnet.

– P'tain, fit-il entre ses dents.

Il donna un coup de coude à son voisin.

– Elles te vont pas ? questionna Berthoud.

Simonnet plaça une main devant sa bouche pour faire écran et il murmura :

– Le type.

Berthoud regarda dans la direction de Théo. La panique emplit ses grands yeux doux.

– C'est lui ?

Même dans la pénombre, il était difficile de confondre Théo avec quelqu'un d'autre. Les deux garçons avaient reconnu le boiteux.

– Vous prenez la cravate en cuir ? lui demanda le vendeur en se trémoussant derrière son comptoir. Ça va vous aller super bien. Il ne vous faut rien d'autre ?

Il écarquilla les yeux en posant sa question. Pas de doute cette fois, il portait des lentilles qui lui faisaient des pupilles rouges comme sur une photo prise au flash.

Près de la caisse enregistreuse, entre un crâne d'alien faisant lampe d'ambiance et un sac en forme de cercueil, il y avait des croix épinglées sur un coussin de velours noir.

– Je vous prends ça, dit Théo en détachant la plus petite.

Il allait l'offrir à Lucie. Elle aimait les croix. Quand il se retrouva dans la rue, il ne put trouver qu'une seule raison à son achat : il y avait des fractions de seconde où Lucie était en vie. D'ailleurs, s'il fermait les yeux, il la voyait à demi nue sur le lit, la petite croix brillant entre ses seins. Théo avança, sa canne de boiteux se faisant canne d'aveugle. Mais derrière ses paupières fermées, il ne vit qu'une allée enneigée et des traces de pas. Il rouvrit les yeux et s'aperçut qu'il avait traversé la rue de l'Hubac. *Maryline lingerie fine.*

Dans sa chambre d'hôtel, Théo eut envie d'examiner ses achats. Il retourna le sac *Black Moon* au-dessus du lit. Un prospectus s'en échappa avec le bijou et la cravate. Théo l'aurait tout de suite jeté si un dessin n'avait arrêté son regard. Deux anges se faisaient face, armés chacun d'un sabre laser. Au-dessus de leurs têtes, telles des soucoupes volantes, des disques en vinyle traversaient un ciel étoilé. Une mystérieuse Angelik Sound Machine déroulait un céleste festin :

DJ's :
Kid Gabriel
Master of Spheres
DJ Paradise
Seraphik

Live performance :
Ice Man
Balloon Factory

Chill Out ambient
After : les Transhumains
Déco : Eden 01

Théo froissa le prospectus et, visant la corbeille, s'accorda la satisfaction de marquer un panier. Avant de quitter sa chambre, il saisit son reflet dans la glace et en eut un coup au cœur. Il fit marche arrière et se regarda. En face de lui, il y avait un beau jeune homme au visage fatigué. Il avait cru voir autre chose, il n'aurait pas su dire quoi. Peut-être un halo autour de lui.

– Ça, c't une bonne surprise ! fit une voix quand il entra dans la salle à manger de l'hôtel.

C'était Antoinette Potvin attablée toute seule, le livre du docteur Delmotte ouvert à côté d'elle. Théo réprima un petit sourire. Antoinette ignorait dans quelle tenue il l'avait imaginée. Avec une familiarité un peu conquérante, il s'assit en face d'elle.

– Vous m'attendiez ? dit-il.

– J'ai pris une chambre pour la nuit. La 217. Elle est affreuse. Pis la vôtre ?

Sous la table, Théo agita nerveusement sa jambe blessée. Il savait bien à quel jeu on allait jouer.

– 213. Elle est calme. Ça donne sur la cour.

Ils se regardèrent un moment sans rien se dire. Antoinette aurait pu être la mère de Théo. Les lèvres pleines, les yeux brillants, elle avait le visage épanoui d'une gourmande.

Elle posa la main sur le poing du garçon mais la retira aussitôt.

– C'est bien ? demanda-t-il en désignant *Les Voyageurs d'outre-tombe.*

Ils parlèrent de NDE. Peu à peu, Théo se détendit.

– Ça m'intéresse la NDE, expliqua Antoinette, parce que j'ai eu ma grand-mère qu'en a fait une, mais ben effrayante. On était juste en train de l'opérer sous anesthésie. L'opération s'est mal déroulée, un peu plus pis elle y passait.

Contrairement à ce que racontent d'habitude les expérienceurs, Denise Potvin n'avait pas eu le plaisir d'être accueillie dans l'au-delà par des parents décédés ou des anges bienveillants. C'était la Mort en personne qui s'était avancée à sa rencontre. Avec ses yeux enfoncés dans les orbites et ses joues de famine, elle avait l'apparence d'un agonisant et un hideux sourire de triomphe aux lèvres. Antoinette mimait la Mort et, en bonne vivante qu'elle était, prenait plaisir à cette macabre histoire.

– Ma pauv' grand-mère a eu ben peur et pis surtout elle a senti une douleur pas possible dans tout le côté gauche. C'était la Mort qui lui enfonçait les mains dans la poitrine pour lui arracher le cœur.

– Défibrillateur, marmonna Théo.

– C'est quoi c'te patente-là ?

– Votre grand-mère a dû sentir le froid des palettes métalliques du défibrillateur. On tentait de la réanimer.

– Peut-être, fit Antoinette que l'explication décevait.

Vers onze heures, ils remontèrent l'escalier côte à côte. Antoinette avait laissé la rampe à Théo. Ils s'arrêtèrent à la porte de la chambre 213. De nouveau, ils se regardèrent sans se parler.

– Eh bien, bonne nuit, décida Théo.

Antoinette posa une main sur son épaule puis l'embrassa sur les lèvres. Mais elle se recula presque aussitôt. D'ordinaire, elle aurait conclu l'affaire. Là, c'était impossible. Quelque chose semblait monter la garde autour de ce garçon. Il devait être amoureux.

– C'est ben dommage, murmura-t-elle.

Puis elle lui fit un vrai sourire d'amitié.

Quand il se retrouva seul de l'autre côte de la porte 213, Théo eut un accès de colère. Il donna un violent coup de canne dans une Diane chasseresse en plâtre et la décapita.

– Merde ! fit-il, tout penaud devant le résultat.

Il réglerait la note, le lendemain matin. Dommage, oui, dommage. La révolte montait en lui. Il n'allait pas passer sa vie à tout s'interdire à cause de Lucie. D'abord c'était elle qui était partie. Elle avait voulu passer quelques jours sans lui à Digne-les-Bains. Elle avait prétendu qu'il était difficile à vivre. Eh bien, voilà, elle avait eu un accident en parapente et elle était morte.

– Elle est morte, dit Théo, le ton rageur comme s'il s'adressait à un contradicteur.

Il se pencha vers son lit pour ramasser ses achats, mais suspendit son geste. Sous la cravate, il y avait un papier un peu froissé. C'était le prospectus qu'il avait jeté.

– Ce n'est pas possible, marmonna Théo en se dirigeant vers la corbeille.

Elle était vide.

Au *Black Moon*, Simonnet avait pris le dernier prospectus près de la caisse enregistreuse tandis que Berthoud payait les chaussures.

– C'est quoi ? demanda Berthoud.

– Un concert.

Simonnet examina le papier, les sourcils froncés. Le concert avait lieu ce samedi de vingt-deux heures à l'aube. C'était de la techno. Il ne manquait qu'une indication.

– C'est où ? demanda Berthoud.

Ce n'était pas précisé mais il y avait un numéro de téléphone. Simonnet comprit alors de quoi il s'agissait.

– C'est une rave.

Elle était clandestine et les organisateurs n'en donnaient la localisation qu'au dernier moment.

– Tu vas téléphoner, dit Simonnet.

– Pourquoi moi ?

– Parce que.

Parce que la voix de Berthoud avait mué. Les mineurs n'étaient sûrement pas les bienvenus dans ce genre de fête. Berthoud sortit son portable et fit le numéro.

– Mais je dis quoi ? s'affola-t-il en entendant la sonnerie.

– Ben, bonjour, c'est au sujet…

– Chut, tais-toi, c'est un répondeur.

« … vous, ce soir, 21 h 30, prendre direction Champourcin, aller au parking du Musée-Promenade. Rendez-vous, ce soir, 21 h… »

– Oui, merci monsieur, fit stupidement Berthoud avant d'éteindre son portable.

– Bon, c'est dans trois heures, dit Simonnet en consultant sa montre.

– Tu ne veux pas aller au *Belzébuth*, alors ?

Berthoud, lui, hésitait. Cette histoire de rave clandestine l'effrayait.

– Tu fais ce que tu veux, déclara Simonnet. Moi, je vais là-bas.

Il n'était pas beaucoup plus rassuré que Berthoud.

– T'as peur ? fit-il sur un ton de pitié.

– Non, mais…

– Si, t'as peur.

Berthoud savait qu'il n'irait pas davantage tout seul au *Belzébuth*. Il était de toute façon à la remorque de Simonnet.

– Bon, OK, on y va.

– En plus, on a tout ce qui faut, triompha Simonnet en sortant une plaquette de médicaments de sa poche.

Il la sépara par le milieu. Deux pour Berthoud et deux pour lui. Ils allaient s'éclater. Berthoud empocha les comprimés et, à sa façon lente et embrouillée, laissa cheminer sa pensée.

– Iosef, dit-il soudain.

Simonnet tressaillit.

– Quoi Iosef?

– Non, rien. Mais pourquoi le boiteux, il est là?

– C'est pas mon problème. L'enquête est classée.

Pourtant, la question travaillait Simonnet.

– Et elle? ajouta Berthoud.

Simonnet jeta un regard furieux à son imbécile de copain.

– On n'en parle pas.

– T'y penses jamais? Hein?

Berthoud suppliait presque. Dans un souffle, il ajouta:

– Moi, je voudrais savoir ce qu'ils en ont fait.

6
Marche ou rave

Alors que l'heure du rendez-vous approchait, Berthoud et Simonnet marchaient, cinglés par les rafales d'un vent chargé d'invisibles étoiles de glace. Où allaient-ils ? Ils ne le savaient toujours pas. Mais ils connaissaient le point de ralliement.

– Ça me rappelle le départ pour le centre aéré, ricana Simonnet en entrant sur le parking.

Près de deux cars dont les moteurs tournaient déjà, une cinquantaine de personnes battait la semelle pour se réchauffer. La neige piétinée formait des vaguelettes dures et grises. Les deux garçons s'approchèrent d'un pas hésitant. Ils craignaient qu'on ne leur demande des comptes. Trop jeunes. Pas le bon look. Pas de billets. Mais personne ne leur dit rien. Personne ne leur jeta même un coup d'œil. La party était free, totalement free.

Ils montèrent les premiers pour être sûrs que le car ne partirait pas sans eux. Puis ils se détendirent, se laissant envelopper par les rires, les murmures et les fumées odorantes.

– Qu'est-ce que tu as pris ? demanda Berthoud.

– De la 8.6 ! annonça Simonnet qui fit tinter les canettes de bière en secouant son sac à dos.

Quand leur car s'ébranla, il entraîna dans son sillage tout un convoi de motos et de voitures qui, à chaque croisement, s'augmentait de nouvelles unités.

– Quand est-ce qu'on gobe les trucs?

Berthoud avait posé la question à l'instant précis où les phares de l'autocar avaient éclairé la pancarte «La Bléone». Il n'était pas retourné au bord de la rivière depuis le printemps dernier.

– Attends qu'il y ait des filles, lui conseilla Simonnet.

Le voyage dura un bon quart d'heure et s'interrompit à la sortie d'un petit bois, dans une clairière blanche comme une carte de vœux. Berthoud et Simonnet se mêlèrent au mouvement, avançant à grandes enjambées sur un sentier neigeux. Mystérieusement, ils avaient trouvé leur place dans cette foule qui sortait d'on ne savait où et ignorait sa destination.

La rave vint à eux sous la forme d'ondes propagées par le sol. Comme tous les autres autour d'eux, Berthoud et Simonnet se mirent à courir.

– C'est là!

Ils virent d'abord la haute cheminée puis l'immense bâtiment de briques. Un martèlement comme aucune industrie n'en a jamais produit venait de réveiller pour une nuit une vieille usine abandonnée. Derrière chaque fenêtre brisée explosaient des bombes sonores et lumineuses.

– Passe devant! souffla Simonnet en s'abritant derrière Berthoud dont les ombres palpitantes vieillissaient les quinze ans.

Mais il n'y avait pas dc filtrage. Les types de la sécurité, déjà shootés par la musique, regardaient simplement défiler les ravers. Les deux garçons passèrent le portail, la tête rentrée dans les épaules pour affronter le déluge de sons.

L'endroit semblait gigantesque mais le regard ne portait pas très loin. Berthoud et Simonnet avaient beau plisser les yeux, les flashes de couleur ne leur permettaient de happer que les images saccadées d'un film où s'agitaient des pantins. Impossible de conserver la mémoire d'une silhouette, impossible de voir deux fois le même visage. Des vagues bleues, jaunes, blanches, rouges habillaient et déshabillaient les danseurs. Berthoud heurta l'un d'eux et en fut surpris. À les voir, les ravers ne semblaient pas plus consistants que des hologrammes.

Sous ce bombardement de basses, Berthoud ne tiendrait pas le choc longtemps. Il lui fallait de l'alcool. Il tira sur le sac à dos de Simonnet pour le lui faire comprendre. Mais son copain se dégagea et continua d'avancer. Il en voulait plus, à s'en faire péter les tympans.

Tout en se trémoussant, il entraîna Berthoud vers le plateau où opérait DJ Paradise. Presque anonyme dans la foule, isolé par son casque, Paradise lançait avec des gestes précis ses bribes de musique sur un martèlement d'enclume. Plantés face à lui, admiratifs, Berthoud et Simonnet vidèrent une première canette de 8.6.

Le demi-litre de bière produisit son effet. Les deux garçons sentirent leur cœur monter à cent cinquante pulsations-minute. Leur ventre battait comme un tambour sans qu'il fût possible de dire si les coups venaient du dehors ou du dedans. Ils trouvèrent d'eux-mêmes comment se mettre au diapason. Ils secouèrent la tête, jetèrent les bras en l'air et se mirent à sauter. Ils étaient peut-être cinq cents, peut-être mille à faire de même autour d'eux. Des inconnus, tous des inconnus, et qui le resteraient.

Voilà ce qui tourmentait Berthoud. Agiter sa carcasse ne l'amuserait pas longtemps. La techno ne favorisait pas la conversation. Des filles, il y en avait et presque toutes donnaient l'impression d'être seules. Mais chacune semblait perdue dans son délire personnel.

– Elles sont vieilles ! hurla-t-il à l'oreille de Simonnet.

La figure bleue, puis verte, puis rouge, Simonnet lui fit un sourire béat. Pour une fois qu'il avait pu se casser du foyer, rien ni personne ne lui gâcherait la fête.

– Prends les tiens ! cria-t-il.

Il sortit les Rophy de sa poche et les brandit sous le nez de Berthoud.

– Un ou deux ? demanda Berthoud à tue-tête.

Simonnet leva le pouce et l'index.

– Il est fou, marmonna Berthoud.

Il se crut bien malin de n'en gober qu'un. Il ne se rendit pas compte que Simonnet n'avalait rien du tout et le regardait faire.

– Ça va ? cria-t-il au bout d'un moment.

Berthoud n'eut pas le temps de lui répondre. Un déferlement de ravers surexcités les sépara soudain. Quand il fut remis de la bousculade, Berthoud ne parvint pas à retrouver Simonnet dans la foule. Il le soupçonna d'avoir profité de la mêlée pour filer. Simonnet prétendait que Berthoud faisait fuir les filles et cassait tous les bons coups. Mais on verrait bien à la fin de la rave qui aurait fait la meilleure pêche.

Berthoud s'éloigna de cette zone ravagée par les basses et entra dans une autre sphère sonore. Agitant en cadence les deux ailes qui lui pendouillaient aux épaules, Seraphik cognait encore plus fort que DJ Paradise. Berthoud prit la fuite.

Au fond, là-bas, la foule semblait nager dans un bain de fumée. Kid Gabriel était un adepte de la deep house. Berthoud se glissa avec soulagement dans ces ambiances plus douces.

C'est là qu'il la vit. Une blonde aux cheveux courts qui sculptait des ballons. Elle avait une perle accrochée à la lèvre inférieure et de grosses chaussures de marche. Elle soufflait dans ses baudruches, les tordait, les entremêlait, créant des animaux fantastiques, des monstres, qu'elle embrassait puis jetait en l'air. Berthoud la contempla pendant un moment, dévoré par l'envie de l'aborder, mais déjà certain d'échouer.

Sa main s'était glissée dans sa poche. Il lui restait un Rophy. Il s'éloigna, hésitant à le prendre. Il s'arrêta devant un type qui vendait des bières et lui acheta une Amsterdam. Une 10°. 50 cl à 10°, est-ce que ça faisait 500° ? Il l'engloutit avec le dernier comprimé de flunitrazepam. Tel était le nom effrayant qu'avait employé Iosef.

Berthoud sentit une bouffée de chaleur lui monter à la tête. On disait du Rophy qu'il fallait le faire avaler aux filles sans qu'elles le sachent, pour les décoincer. *Dans un cas comme le mien*, songea Berthoud, *c'est deux Rophy sinon rien.*

La fille avait cessé de souffler dans les ballons pour allumer un pétard presque aussi dodu qu'une de ses baudruches. Elle fumait d'un air concentré, accroupie parmi son zoo gonflable. Berthoud revint vers elle en se trémoussant, comme s'il n'était mû que par la danse. Il feignit de la heurter par mégarde et s'accrocha à son épaule. Le Rophy agissait. Berthoud décoinçait! D'abord, la fille ignora l'incident. Puis, croyant comprendre la requête, elle leva le bras et tendit son joint à Berthoud. Il en tira une longue bouffée et le rendit à sa propriétaire. La fille rassembla quelques-uns de ses animaux et les fit éclater en appliquant le bout rougeoyant du joint contre la membrane.

– Pourquoi tu fais ça?

– L'art de la baudruche est un art éphémère, dit la fille. Tu te sens bien?

Berthoud vacillait.

– Peut-être que t'as pas l'habitude, supposa-t-elle en contemplant son mégot. T'as pris autre chose? Un X?

– Un quoi?

– Un X. Un ecsta.

Une sourde rafale en provenance d'un plateau lointain emporta la réponse de Berthoud. Il jeta vers la foule un regard angoissé, luttant contre l'envie de hurler le nom de Simonnet. Jamais de sa vie il n'avait éprouvé une telle impression d'abandon. Il s'accroupit auprès de la fille aux ballons.

– Tu pues la bière. C'est ça, t'as pris une biture?

– Ouais, ouais…

– Faut te rincer la tête. Va voir au fond. Y a des mecs qui dealent des trucs pour éclaircir les idées.

Berthoud comprit qu'elle cherchait à se débarrasser de lui. Mais ça lui était égal, elle ne l'intéressait plus. Il devait absolument rentrer chez lui. Il était à mille kilomètres de Digne et le chemin du retour était un immense serpent de couleur dont la queue ne cessait de s'agiter. Quand il vit le type assis sur son tabouret de toile, il sut qu'il était sur la bonne route. On aurait dit un clodo. L'œil fixe, il contemplait le petit Butagaz posé devant lui. Sur la flamme chauffait une vieille casserole noirâtre. De temps en temps, il prenait une fourchette et grattait le fond de son récipient.

Berthoud s'approcha. Le type grattait toujours. Il ne semblait pas avoir remarqué la haute silhouette du garçon. Berthoud se pencha. La casserole était tapissée d'une fine couche de grains blancs, légèrement brillants. Berthoud tendit la main. L'homme gratta. Puis il retourna la fourchette et sur le manche recueillit une petite quantité de poudre. Il la versa en dôme sur le dos de la main tendue. Berthoud ne savait pas ce qu'il fallait faire. Il faillit avaler puis se ravisa. Il approcha la substance de ses narines et aspira.

– Eh! C'est dix euros, réclama le type.

Berthoud savait qu'il avait deux ou trois billets dans sa poche gauche. Mais il n'acheva jamais son geste.

Simonnet n'avait pas quitté Berthoud de son plein gré. À présent, il n'avait plus de cobaye pour tester le Rophy. Il tripotait les petites bulles de plastique qui protégeaient les comprimés et il ne se décidait pas.

Plus le temps passait, plus la fête s'éloignait de lui. Il n'éprouvait plus rien qu'une envie de gerber toute cette bière ingurgitée trop vite.

De plus en plus maussade, il bouscula une fille près de lui.

– Mais t'es malade, toi !

– Va te faire, maugréa-t-il.

Il eut alors l'idée de demander de l'aide aux types de la sécurité. Pouvait-on passer une annonce ? *Le petit Simonnet attend ses parents...* songea-t-il en étouffant un ricanement. Le petit Simonnet n'attendait plus personne depuis longtemps.

– Oh, putain, murmura-t-il soudain.

Dans un flash rouge, une longue silhouette noire était apparue à quelques pas de lui. Avec sa beauté pâle et sa canne à pommeau d'argent, on eût dit l'Ange de la Mort venu faucher la fleur de la jeunesse. Le boiteux n'était pas là par hasard. *Il nous piste*, se dit Simonnet.

Il s'approcha du stand de Médecins du Monde où les ravers venaient chercher de l'eau et faire tester leurs comprimés d'ecsta. Il avisa un des bénévoles.

– Je cherche mon pote, dit-il en essayant de baisser sa voix d'une octave.

– Ton pote ? T'imagines avec tout ce monde ? lui répliqua l'autre en se détournant aussitôt de lui. Quoi ?

On venait de l'appeler.

– On a un problème, Fred. En plus, je crois que c'est un mineur. La merde, quoi.

– Où il est ? s'informa Fred en attrapant sa sacoche.

– Au chill out.

Simonnet partit en courant.

Berthoud était étendu sur des coussins dans une pièce où la musique coulait comme un ruisseau. Il sentait la présence d'autres corps allongés. Il sentait la main qui touchait la sienne.

– T'es là ? Tu me vois ?

C'était la fille aux ballons.

– On est au chill out, lui dit-elle. Faut te calmer maintenant.

Mais Berthoud ne pouvait pas se calmer. Il était perché très haut, quelque part, il ne savait où.

– Je voulais pas parler du type à la casserole. Il est flingué grave, ce mec. C'est de la kéta qu'il vend. Faut pas toucher à ça. À l'âge que t'as !

Berthoud regarda la fille. Son visage flottait au fond d'un puits de lumière blanche et ses cheveux blonds se tordaient comme des flammes.

– Qu'est-ce que tu dis ? lui demanda la fille aux ballons. T'es tombé ?

– Elle est tombée du ciel, répéta Berthoud. Il croyait parler clairement et n'articulait qu'à peine. Puis il se tut, l'air extatique. Le monde était lumineux. La fille était morte et lui aussi.

– J'étais sûr que c'était toi, fit une voix.

Tout se désagrégea en une seconde. Le monde était gris. Berthoud avait dans l'oreille une note de musique qui durait depuis des heures.

– Berthoud, tu m'entends ?

C'était Simonnet. Il le savait. Mais il ne parvenait pas à le reconnaître. Quelque chose s'était bloqué dans sa tête. Il voyait Simonnet mais il ne se souvenait plus à quoi ressemblait Simonnet.

– Rends-moi la lumière, souffla-t-il en fermant les yeux. Rends-moi.

– T'as froid?

Berthoud ne portait plus que sa chemise. Quelqu'un lui avait piqué sa parka. Simonnet le recouvrit de la sienne et se redressa aussitôt en apercevant Fred. L'homme enjamba quelques corps puis s'accroupit près de Berthoud. Il souleva ses paupières, lui prit le pouls puis, en quelques gestes rapides, il défit la ceinture du garçon, ouvrit son col de chemise et le fit basculer sur le flanc.

– C'est lui, ton pote? demanda-t-il à Simonnet.

Le garçon fit non de la tête et s'éloigna à reculons. Le mensonge tenait chez lui de l'instinct de survie.

L'ambulance arriva un quart d'heure plus tard sans sirène ni gyrophare. Deux infirmiers mirent Berthoud sur un brancard et repartirent. La scène eut peu de témoins. Mais parmi eux, il y avait un boiteux.

Sur la portière de l'ambulance, Théo eut le temps de lire: Clinique Bel-Air.

7
Après la mort

Delmotte poussa un soupir agacé en voyant un rai de lumière sous la porte de Iosef. Bien sûr, il l'avait réveillé. Avec l'âge, son corps avait perdu de sa souplesse et ses mouvements de leur fluidité. Il ne savait plus décrocher le téléphone sans balayer la table de chevet d'un bras maladroit. Puis il bousculait la chaise en cherchant à tâtons ses vêtements, lâchait une chaussure sur le parquet, faisait tinter le montant du lit avec la boucle de sa ceinture.

Autrefois, il se serait coulé dans son pantalon et serait sorti sans faire grincer une latte du plancher. En vieillissant, il devenait bruyant. Même ses os craquaient, ses tendons, ses articulations. *Je n'ai pourtant que cinquante-deux ans !* Mais la rouille était déjà partout.

Fred, un certain Fred avait appelé. Il demandait à la clinique de venir chercher un gamin. Delmotte n'était plus sûr de ce qu'il avait entendu. Garçon ou fille ? Si, évidemment, il s'en souvenait. Un garçon. Delmotte jouait à se faire peur. À chaque petite absence, chaque hésitation, s'allumait le voyant rouge. Alerte ! Alzheimer te guette. Au bloc, parfois, il y pensait si fort que ses mains se mettaient à trembler. Ellisalde l'avait sûrement remarqué.

Il finit de se savonner les bras jusqu'aux coudes, sans un regard pour son reflet dans le miroir. À cette heure de la nuit, il y aurait vu son visage se craqueler. Habité par une rage absurde, il sortit du pavillon sans pouvoir s'empêcher de claquer la porte derrière lui.

Rendors-toi, Iosef.

L'ambulance était déjà là, portières ouvertes devant l'entrée des urgences. Pour une fois, la victime n'avait pas été extirpée d'un accordéon de tôle. Non, celui-là venait d'une rave, où les mômes d'aujourd'hui se faisaient soigner par des types dans le genre de ce Fred. Des médecins dont la noble mission était de vérifier la qualité de la drogue que les gosses ingurgitaient. Fred n'avait même pas été capable de lui dire ce qui circulait dans les veines du gamin. Ecstasy, kétamine, cocaïne, alcool... sans doute un cocktail.

Il bavait et roulait des yeux de façon effrayante, encore allongé sur son brancard. Interminable, avec des mains de bûcheron et une mâchoire à broyer des cailloux. Mathilde s'efforçait de le mettre en position de sécurité, sur le côté, aidée d'un infirmier. Elle avait elle aussi passé l'âge de ces interventions nocturnes. Delmotte vit qu'elle avait conservé ses chaussons et portait un pantalon de pyjama sous sa blouse blanche.

Le garçon fut conduit sur un lit roulant en direction de la salle de réanimation.

– Perfusion glucosée, docteur? dit Mathilde. Il a du mal à respirer. Et le pouls n'est pas fameux.

Delmotte nota sur la peau du gamin un léger bleuissement, signe d'un début de cyanose. Il avait cessé de s'agiter, ce qui n'était pas forcément bon signe. Si la tension continuait à baisser, si le cœur ralentissait encore, il faudrait intervenir.

Mathilde lui tendait quelque chose.

– J'ai trouvé ça dans une poche de sa parka, dit-elle.

Deux comprimés, encore protégés par leur bulle de plastique.

– Alors, c'est ce qu'ils prennent, maintenant ?

Delmotte examinait avec surprise les comprimés de Rohypnol. En mélange, les ravages pouvaient être terribles.

– C'est tout ce que vous avez trouvé ? demanda-t-il à Mathilde. Rien pour l'identifier ? Vous ne savez pas d'où il sort ?

L'infirmière triait sur un plateau blanc son maigre butin. Quelques pièces de monnaie, une clef, un capuchon de stylo mâchonné, un prospectus invitant à la rave party, un tube de Smarties vide, du papier à cigarettes, un briquet.

– Il est du même collège que Iosef, annonça Mathilde en lissant un morceau de papier froissé. Collège Henri-Barbusse. 3e 3.

Delmotte considéra la feuille couverte d'annotations. C'était un bulletin scolaire.

– « *Simonnet Patrick*, lut-il. *Elève dissipé... perturbe les cours... M. Simonnet ne s'intéresse pas à la géographie... peut-être pourrait-il au moins ne pas en dégoûter les autres...* » Apparemment, il a un don pour le dessin. C'est déjà ça.

Delmotte détestait ces moments d'impuissance. Il préférait plonger ses mains gantées dans la plaie.

– Je pense qu'il va s'en sortir, décida-t-il. Je vais faire quelques pas dehors. J'ai besoin de me réveiller.

Il quitta la salle avant que Mathilde ne lui suggère de prévenir les parents. Il frissonna en pensant à ce qui l'attendait lundi. L'enterrement du petit Besson. La mère en pleurs. Les regards furtifs des proches. Serrer les mains de ces gens qui viendraient le remercier de son dévouement en songeant: *Assassin!* C'étaient eux qui avaient offert la moto mais ce serait lui le coupable. Parce que le docteur Miracle n'avait pas fait de miracle.

Delmotte fronça les sourcils. Iosef se tenait dans l'allée, derrière l'ambulance.

– D'accord, Iosef, dit Delmotte, mais tu ne vas pas te lever à chaque fois que je fais tomber une chaussure et que je sors en claquant la porte.

– C'est pas toi. J'étais déjà réveillé.

– Un cauchemar?

Iosef haussa les épaules. Forcément un cauchemar.

– Il y a eu un accident? demanda-t-il.

– Overdose. Ne t'inquiète pas, on va le tirer de là. Tu peux aller te recoucher.

Iosef fit un vague signe de tête. Depuis la mort de sa mère, il affrontait chaque nouvelle nuit comme un gouffre à franchir. Au moment où il commençait à s'éloigner d'un pas traînant, il entendit la voix de Jean qui disait:

– Tu as dû le croiser, d'ailleurs. C'est un grand de ton collège.

– Je connais pas tout le monde, répondit Iosef sans se retourner.

– Oh mais celui-là, il a une allure ! Difficile de ne pas le remarquer. Simonin, un nom comme ça. Non. Simonnet, je crois.

Iosef eut l'impression qu'on tirait un tapis sous ses pieds.

– Iosef ? Ça va ? Tu ne tiens pas debout.

– Simonnet Patrick ? De 3ᵉ 3 ?

– Tu vois. Tu le connais. Tu savais qu'il se droguait ?

– Non... euh, si... je m'en doutais. Il a une réputation dans le collège. Il propose des trucs aux petits, tu vois, il...

Delmotte s'était rapproché de Iosef. Il le rabroua :

– Tu inventes, là.

– Non, je... c'est pas de sa faute, remarque. Il est comme moi, Simonnet. Je veux dire, orphelin. Mais lui, il est dans un foyer. Tout le monde le déteste.

– C'est peut-être pour ça qu'il se drogue.

– Ouais... sans doute qu'il l'a fait exprès ? Il en a pris trop... exprès. Il a voulu se tuer, hein ?

En prononçant ces mots, Iosef sut ce qu'il voulait, lui. Simonnet était au bord du vide. Il suffisait de le pousser un peu. En un instant, comme un expérienceur se projette en accéléré le film de sa vie, Iosef revécut les derniers mois. Et, fort étrangement, il eut l'impression de les voir par les yeux de Simonnet.

Sur le promontoire près de la Bléone, les yeux de Simonnet regardaient avec mépris le petit métèque arrosé par la bouteille de Coca. Plus tard, ils guettaient l'enfant à la sortie de l'école primaire. « La poudre, Delmotte ! » Iosef avait fourni la poudre. Il avait fait décoller la fusée. Il avait couru sur la berge. Il avait agrippé la voile mouillée. Il avait étreint le corps sans vie. Iosef s'était cru délivré. Mais, à la rentrée de septembre, les yeux de Simonnet l'avaient repéré dans la cour du collège. «Le Rophy, Delmotte!»

Il fallait que ces yeux-là se ferment à jamais.

– Iosef?

Jean le dévisageait d'un air préoccupé.

– Va dormir.

– Je peux pas. Il y a trop d'images dans ma tête.

– Tu rêves debout.

– Ce n'est pas moi. C'est lui.

– Lui?

– Tu sais bien. Simonnet.

Delmotte se retourna vers l'entrée des urgences, se demandant soudain s'il ne devait pas s'inquiéter de l'état du gamin.

– Mathilde le surveille. Il ne risque rien.

– Il va partir dans la lumière, Jean. Je le sens.

Delmotte le secoua par les épaules:

– Tu divagues, reviens, Iosef.

Iosef s'accrocha au mot. Divaguer, il lui fallait divaguer. En se laissant aller, il trouverait les mots.

– Il s'en fiche de mourir. Il est seul. Ici, personne ne l'aime. Mais là-bas personne ne l'attend... alors, il hésite.

– Iosef! Tu l'as contacté? Tu es avec lui?

L'enfant médium écarquilla les yeux. Il allait mentir, mentir de tout son corps. Il savait comment simuler la transe en serrant les poings et crispant les mâchoires.

– Il n'est plus sur la table. Il flotte. Je vois par ses yeux. Je vois toute la salle de réa du plafond. Mathilde est penchée sur Simonnet. Elle l'appelle, elle essaie de le faire revenir à lui.

Iosef mettait en place l'un après l'autre les différents moments d'une NDE.

– Jean ! s'écria-t-il. Je suis emporté. C'est un fleuve de lumière. Le courant m'entraîne. Retiens-moi. Je tombe, oh ! À la verticale. C'est un entonnoir de lumière. Jean, Jean, je vois tout au fond… Il y a… une porte.

Iosef ne trouva rien de mieux. Entre la vie et la mort, une porte battante. Delmotte prit l'enfant à bras-le-corps. Il avait tant bandé les muscles qu'il en tremblait.

– Mais derrière la porte, est-ce que tu vois quelque chose ? lui demanda Jean.

Il voulait tellement savoir. Après la lumière, qu'est-ce qu'il y a ?

– Il y a quelque chose mais je ne peux pas voir, reprit Iosef dans un murmure.

– Ne perds pas le contact avec Simonnet, Iosef. Suis-le.

- Simonnet sait qu'il doit passer la porte. Mais s'il la passe, il ne reviendra plus.

L'adolescent agonisait et Delmotte ne faisait rien pour le sauver.

– *Elle* est là ? questionna-t-il.

– Oui. Elle est près de lui, elle le retient. Elle garde la porte.

C'était si facile de divaguer. Les paroles coulaient hors de lui. Et les larmes. Iosef aurait voulu être là, dans la lumière, à côté d'elle et pour toujours.

– Il avait envie de passer la porte mais maintenant il ne sait plus. Il voudrait rester à côté d'elle, toujours, toujours. Elle dit qu'elle va le guider, qu'elle veillera sur lui.

Delmotte eut un mouvement d'épaules comme s'il cherchait à s'arracher à Iosef. Il devait retourner dans la salle de réanimation où Mathilde l'attendait. Mais il voulait savoir. Il allait savoir. Après la mort, qu'est-ce qu'il y a ?

– Il parle avec elle, poursuivit Iosef. Il parle de Berthoud. Berthoud, c'est son seul copain. Ils font tous leurs coups ensemble. Il pense que c'est pas bien d'abandonner Berthoud. Et puis il pense aux filles… il a jamais eu de fille, Simonnet. Il se dit qu'il ne saura jamais. Il s'éloigne de la porte.

– Et elle ? gémit Delmotte. Tu la vois, n'est-ce pas ?

– Elle ? Elle est belle. C'est un ange dans la lumière. Mais il a du mal à la regarder. Elle est trop belle pour lui.

– Tu crois… qu'elle va le laisser passer ? souffla Delmotte.

Iosef hoqueta.

– C'est difficile. La porte est entrouverte. Derrière, il y a… Je commence à voir derrière la porte, Jean. Ce sont des ombres.

Iosef prit un air d'extase :

– Maman, oh ! Tu es là…

Puis sournois :

– Je verrais mieux si Simonnet passait la porte. Il faudrait… l'aider.

Iosef faillit dire : « Comme tu faisais en Afghanistan », mais il se retint à temps. Jean ne savait pas que Iosef avait forcé les secrets de la casemate.

– Reste là, balbutia Delmotte. Appuie-toi à l'ambulance. Garde le contact. Je… j'ai quelque chose à faire. Je vais chercher quelque chose. C'est pour l'aider.

Delmotte courut comme un fou vers la casemate. Il alluma la lampe qui se balançait dans les courants d'air et prit ce qu'il cherchait dans la grande armoire métallique, entre les boîtes de cartouches et les gourdes puant la vieille chèvre.

C'était un gros carnet, gonflé de photos et de fragments de papier rédigés à la hâte puis collés sur les pages gondolées. Il sentait l'humidité, la poudre et le sang. Quand Delmotte l'ouvrit, une photo semée de grains de sable brillants s'en échappa. On y voyait un homme coiffé d'un bonnet, à la moustache trop longue et aux joues creusées. Il avait l'allure d'un Douch, comme disaient les Russes pour désigner les combattants afghans. Mais le jeune lieutenant Pankratov commandait une section de tirailleurs motorisés de l'armée soviétique. Delmotte lui avait sauvé la vie en l'amputant d'une jambe.

Jean tourna les pages, effleurant les photos du village où il avait réussi à imposer sa loi. Sous la protection du lieutenant Pankratov, Mathilde et lui soignaient les Soviétiques et les Douchs, les vieillards, les combattants, les enfants et les chèvres.

Il cherchait une information précise mais ne pouvait s'empêcher de laisser traîner son regard sur un cliché jauni, sur une phrase jetée d'une plume nerveuse.

Le vieil album tremblait entre ses mains fébriles. Il savait qu'il approchait de ce jour où sa vie avait basculé. Du bout des doigts, il caressa le visage aux yeux trop sérieux de Mutine. Un caporal la lui avait amenée un soir, serrée entre ses bras. Une petite Douch de neuf ou dix ans. La veille, le soldat avait eu pitié de ses joues d'enfant mal nourrie et lui avait offert une galette. Elle lui était revenue la bouche en sang, langue coupée. Probablement par son propre père, parce qu'elle avait accepté quelque chose de l'occupant. Delmotte l'avait soignée. Elle était restée. Elle ne parlerait plus jamais mais elle comprenait vite. Muette. Maligne. Il l'avait rebaptisée Mutine puisqu'elle ne pouvait dire son nom. En moins d'une semaine, elle apprit à manier la seringue, à faire un garrot, à changer une perfusion.

« 3 avril

Ce matin, j'ai trouvé Mutine auprès d'un paysan arrivé dans la nuit, la jambe arrachée. Il délirait. Elle l'écoutait fascinée. Tellement fascinée que j'ai fait venir un interprète, un Russe qui connaît le pachto. Malgré ses souffrances, le pauvre type avait l'air de nager dans le bonheur. Il décrivait un tunnel de lumière, un monde d'amour. Certainement, il ne fait plus partie de ce monde-ci ! Nous serions nombreux à bien vouloir l'accompagner. »

Ç'avait été le premier. Puis le cas s'était reproduit, deux fois, trois fois, quatre… Delmotte avait eu l'impression de mettre le pied dans une porte secrète.

« 7 mai

Enfin, l'illumination ! Je crois avoir découvert la clef. Je les soigne avec ce que j'ai, je les calme comme je peux, j'essaie d'éteindre la douleur. Il y a bien un point commun entre ceux qui empruntent le tunnel de lumière. C'est ce produit que m'a livré Omar et qui donne d'excellents résultats sur les sujets les plus déprimés et les plus faibles. L'ibogaïne. J'en prends parfois pour tenir le choc. Hier encore, j'ai dû opérer pendant sept heures sans répit. »

Delmotte n'avait pas de photo d'Omar. Le passeur pakistanais avait toujours fui l'objectif de l'appareil. Son trafic était lucratif mais il risquait sa peau à chaque incursion en territoire afghan. Grâce à Omar, Delmotte se procurait ce que ne pouvait lui fournir l'armée soviétique : des pansements, des éclisses et des médicaments, des calmants, des anesthésiques. Ses prix ne cessaient de monter.

L'ibogaïne s'était retrouvée par hasard dans un lot d'autres produits. Delmotte en avait demandé de nouvelles doses. Omar livrait parfois n'importe quoi. Il avait prétendu avoir les pires difficultés à satisfaire le docteur français. Finalement, il avait proposé à Delmotte un marché qui avait horrifié le médecin. À l'hôpital de Peshawar, il y avait une filière possible pour quelque chose que Delmotte pouvait fournir en quantité, une denrée rare. Delmotte avait d'abord refusé avec indignation. Puis il avait cédé. Pour l'ibogaïne.

Les soviétiques morts pour la patrie étaient rendus à leur mère ou à leur veuve dans des cercueils de zinc que nul n'ouvrirait jamais plus. « *No problem* » disait Omar.

Delmotte recopia quelques chiffres sur un papier et replaça l'album dans son nid de poussière.

Il quitta la casemate et revint à grands pas vers le pavillon des urgences, conscient d'avoir laissé s'écouler de trop longues minutes. Il avait retrouvé les dosages précis, les associations favorables, les conditions qui donnaient à l'ibogaïne toute son efficacité… autant de détails enfouis depuis plus de quinze ans au fond de sa mémoire.

Il n'avait que la nuit pour agir. Demain, le foyer d'accueil du jeune Simonnet serait alerté. Demain, il faudrait rendre des comptes. Mais peut-être, cette nuit, Delmotte saurait ce que l'homme n'a jamais pu savoir.

À la pharmacie, il prit des doses d'ibogaïne et quelques milligrammes de sulfate d'atropine.

Mathilde avait conduit le garçon dans une chambre de réveil. Elle somnolait sur une chaise, les jambes allongées devant elle. Delmotte lui suggéra d'aller se recoucher.

– Avez-vous vu Iosef? demanda-t-il.

– Il est entré dans le pavillon, tout à l'heure. Il voulait voir son camarade de collège. Mais ça l'a bouleversé. Il est parti en courant.

Delmotte eut un geste d'agacement.

– Envoyez-le-moi. Vite.

– Jean… vous avez vu l'heure?

– Faites ce que je vous demande. Et ne m'appelez pas Jean. Je suis en service.

Mathilde hésitait à s'éloigner. La fixité du regard de Delmotte l'inquiétait.

– Il ne faut pas... vous devez oublier, bredouilla-t-elle.

– Quoi?

– Le passé. Maintenant, vous avez des responsabilités. Il y a la clinique, il y a Iosef.

Delmotte fit un effort pour adoucir son regard.

– Je sais, Mathilde. Je veux demander à Iosef s'il sait comment prévenir les parents de son camarade.

Dès que son assistante eut tourné les talons, Delmotte sortit l'ibogaïne de sa poche.

Quelques instants plus tard, l'injection était prête. La difficulté serait de bien doser, ni trop, ni pas assez. Delmotte avait toujours eu des difficultés à situer la limite.

– Qu'est-ce que tu fais?

Delmotte se retourna. Iosef le contemplait de ses yeux épouvantés depuis le seuil de la pièce.

– Quoi? Qu'est-ce qu'il y a?

– Ce n'est pas lui... Tu t'es trompé. C'est pas Simonnet. C'est Berthoud. L'autre.

– L'autre quoi?

Iosef avait le regard fixé sur la seringue dans la main gantée de Jean.

– Tu l'as fait?

– Je n'ai rien fait. Qui est ce garçon, Iosef?

– Berthoud! cria Iosef comme s'il le répétait pour la centième fois. C'est le fils de la supérette. Il n'est pas orphelin!

Delmotte sentit des ruisseaux de sueur dévaler ses flancs.

– Pourquoi tu me dis ça ? Qu'est-ce que tu crois ?

Mais il n'attendait pas de réponse. Les paumes placées sur le thorax de l'enfant, il cherchait le cœur.

– Va dormir. On s'expliquera plus tard.

Delmotte jeta un coup d'œil hagard autour de lui.

– Mathilde... où est-elle ? Iosef ! Iosef ! Ce garçon... tu as son numéro de téléphone ?

Personne ne lui répondit. Seul dans la chambre de réveil, Delmotte se prépara à tirer en sursaut de son lit le principal du collège Henri-Barbusse.

8
On m'aurait menti

Lundi matin.

Au moment où la famille Besson commençait à se disperser, Delmotte vit un jeune homme vêtu de noir s'approcher de la tombe fraîche. Il tenait un livre d'une main tremblante. Sans un regard pour quiconque, il s'adressa à son ami disparu.

– *Laurent,* lut-il, *tu te réveilles comme d'un sommeil*
Sache que tu as abandonné le corps que tu as animé
Regarde-le, il gît inerte
N'éprouve pas de regret
N'éprouve pas d'attachement pour lui
Ne t'attarde pas auprès de ceux qui ont été tes parents, tes amis
Ne t'entête pas à leur parler
Ta voix est insonore ; ils ne t'entendent pas
Tu les as quittés
Ils t'ont quitté
N'éprouve pas d'attachement pour eux
Ne cherche pas à renouer des liens avec eux
Détache-toi.

Le garçon jeta le livre sur la tombe d'un geste théâtral et alla rejoindre un petit groupe de jeunes accoutrés de façon funèbre.

Les proches de Laurent Besson s'éloignèrent dans un murmure d'indignation. Troublé, le docteur Delmotte quitta à pas lents le cimetière. Ce texte lui était familier mais il ne parvenait pas à se souvenir d'où il sortait.

La mémoire lui revint au moment où il passait devant Samten Dzong, la villa où Alexandra David-Neel avait fini ses jours. Le garçon avait récité un passage du *Bardo*, cet étrange poème tibétain qu'on lit au mourant pour l'éclairer sur ce qui l'attend. Bardo signifiait «entre-deux». Entre la mort et… quoi? Une autre vie?

Delmotte se demanda si les Tibétains avaient découvert quelque chose. Pourquoi en auraient-ils su plus que les autres? Ces philosophies orientales l'avaient toujours agacé. Pourtant, un jour, il avait lu deux ou trois phrases du vieux texte sacré qui l'avaient fait frissonner. Elles disaient à peu près: «*La clarté fulgurante de la Lumière va t'apparaître et t'envelopper, avec une rapidité plus grande que celle de l'éclair… Que l'effroi ne te fasse point reculer et perdre conscience. Plonge-toi dans cette lumière.*»

À peu de chose près, ces mots étaient ceux qu'il avait recueillis des dizaines de fois. Russes ou Afghans, Orientaux ou Occidentaux, tous semblaient emprunter le même tunnel de lumière. Mais après? Delmotte ne croyait pas en la réincarnation. D'ailleurs, l'idée que s'en faisaient les Tibétains était répugnante. D'après eux, chaque personne est composée de plusieurs consciences qui se dispersent après la mort. Delmotte jugeait la perspective d'un tel éparpillement plus effrayante encore que celle du néant.

À l'approche de la clinique, il donna un brusque coup de volant pour corriger la trajectoire de sa voiture. Mieux valait ne pas retourner tout de suite auprès de ses patients. Marcher dans le parc lui ferait du bien.

Delmotte se gara devant l'entrée de la piscine où les estropiés venaient se refaire du muscle. Il fuit les effluves chlorés et remonta l'allée principale sans un regard pour le Pavillon Rouge. Il avait prévu d'aller y prendre des nouvelles du jeune Berthoud. À présent, il jugeait préférable de s'abstenir. Il savait trop bien ce qu'il avait envie de lui dire. *Pourquoi es-tu là, bien vivant, toi qui as tout fait pour te détruire… et pourquoi est-il dans un trou, l'autre, le dénommé Besson Laurent, lui qui n'a rien fait d'autre qu'une virée à moto ?*

L'idée de distinguer chaque pavillon par sa couleur lui avait été soufflée par Mathilde. N'était-il pas plus délicat de dire le Pavillon Jaune plutôt que le Pavillon des Vieux Débris ?

Mme Gobillard prenait le soleil dans un fauteuil de toile. La dernière personne à qui il avait envie de parler, vraiment. Mais ses yeux de centenaire restaient d'une implacable acuité. Elle l'avait aperçu, il le savait. Il ne pouvait se dispenser d'aller la saluer.

– Eh bien, madame Gobillard, toujours en vie, ce matin ?

– Avec mes excuses, docteur.

Alexandra David-Neel était morte centenaire au terme d'une existence aussi riche que téméraire. Mme Gobillard avait passé un siècle à Digne sans voir une seule fois la mer. Il aurait pourtant été si réconfortant de savoir que quelque chose rapprochait ces deux femmes. *Quel est votre secret, à toutes les deux?* Peut-être était-ce tout bête. Peut-être mangeaient-elles une pomme avant de se coucher.

Le regard de Delmotte tomba sur un mégot fumant sur le gravier entre les pieds de la vieille dame.

– Madame Gobillard, est-ce vous qui fumez?

– J'ai arrêté en 45, pour fêter la Libération. Et puis...

Un sourire malicieux éclaira son visage plissé comme une boule de pâte à modeler longuement pétrie.

– L'autre jour, quand mon petit-fils est venu me voir, j'y ai demandé son paquet. Qu'est-ce que je risque à mon âge, hein?

Elle fit signe au docteur de se baisser vers elle. À son oreille, elle murmura:

– J'avais promis à la Sainte Vierge. En 1945. Si les Allemands partent, j'arrête! Ça fait si longtemps, elle a sûrement oublié!

– Alors, comme ça, vous ne craignez plus rien! se récria Delmotte, agacé. Ni le cancer ni la Sainte Vierge.

– Je déguste mes minutes une par une, docteur. Même si j'ai des douleurs de la tête aux pieds.

Tant de sérénité offensait Delmotte.

– Avant, voyez-vous, j'avais l'impression de me cramponner, dit la vieille dame. Mais maintenant je laisse couler. On connaît la fin, hein, docteur?

– Et après? fit Delmotte avec brutalité.

– Rien.

– Rien?

– Non, rien. Dieu merci!

Mme Gobillard attrapa soudain le médecin par la manche de son costume sombre.

– Les jeunes de maintenant, docteur, ils seront jamais vieux. Mais c'est pas pour ce que vous croyez.

– Qu'est-ce que je crois?

– On dit des choses, ici. Que vous travaillez sur une potion. Un sérum pour pas vieillir.

– C'est ridicule!

– En tout cas, moi, j'en veux pas. Laissez-moi aller de l'autre côté, docteur. Et surtout, surtout, me prolongez pas... vous savez avec des tuyaux partout.

– Quoi... des tuyaux? marmonna Delmotte.

Mais Mme Gobillard, les yeux fermés, paraissait s'être rendormie.

– Que vouliez-vous dire? insista Delmotte. À propos des jeunes. Pourquoi ne seront-ils jamais vieux?

– Bah... à cause de tout ce qu'on entend. La bombe, la pollution, le terrorisme, toutes ces horreurs. Ils ne seront jamais vieux parce qu'ils seront tous morts avant.

Delmotte contempla avec dégoût le sourire qui flottait sur les lèvres de la vieille dame. *Elle veut bien mourir si le monde meurt avec elle. C'est ça qui la rassure.* Il écrasa d'un talon rageur le filtre d'où s'échappait encore un minuscule filet de fumée.

– J'envoie un infirmier vous confisquer vos cigarettes, madame Gobillard. Vous n'en avez pas encore fini avec ce monde.

Mme Gobillard baissa la tête comme une petite fille prise en faute. Puis elle la releva et braqua sur le médecin son regard d'un bleu-vert glacial, comme un bonbon à la menthe translucide.

– Je l'aime encore un peu, la vie, figurez-vous. Et je vais vous expliquer pourquoi. C'est qu'à cent ans passés on peut toujours avoir des surprises. Eh bien je vous remercie, voilà, je vous remercie.

Delmotte s'éloigna, furieux. Puis, sans s'en rendre compte, il s'exclama soudain à voix haute :

– Pourquoi pas l'eau ?

Il s'immobilisa et poursuivit à mi-voix :

– Qu'est-ce que les êtres humains ont en commun ? Ils boivent de l'eau. Alors, pourquoi ce ne serait pas l'eau ? L'eau fatale. On ne peut pas vivre sans eau, mais qui en boit est condamné à mourir. Pourquoi pas, hein ? Est-ce que les pierres boivent de l'eau ? Est-ce que les pierres meurent ?

Il ricana. Voilà à quel genre d'absurdité pouvait conduire une réflexion bien ordonnée. Il traversa l'allée principale en direction du Pavillon Rose de la maternité. Il marmonnait toujours.

– Le mouroir d'un côté, la maternité de l'autre. Quel raccourci. Trente mètres. De la vie à la mort, trente mètres. C'est exactement l'impression que m'a faite mon existence. Cinquante-deux ans, trente mètres.

Il y avait eu une naissance, la nuit même. Delmotte commença sa visite par la dernière accouchée. Assise sur le bord du lit, la mère berçait l'enfant contre son sein nu.

– Elle sourit aux anges, remarqua-t-elle, rayonnante. Vous avez vu, docteur ?

Delmotte hocha la tête. L'enfant avait toute la vie devant elle. Fallait-il l'envier ? Une vie, qu'est-ce que c'est ?

– Tiens, ça me fait penser..., commença-t-il.

Il se pencha vers le nourrisson avec un air de bon grand-père qui va raconter une belle histoire :

– J'ai connu autrefois un homme qui aurait pu s'acheter la moitié de la planète. Il n'en avait plus pour très longtemps et il le savait. Il me disait : « Ce n'est pas possible, docteur, je peux tout avoir, les plus grosses voitures, les plus belles femmes et je vais mourir ! » Il était scandalisé. Être si riche et mourir. Pour l'enzyme de l'immortalité, pour une molécule miracle, il m'aurait laissé sa fortune.

Delmotte jeta un coup d'œil sur le bracelet autour du poignet minuscule.

– Seulement, tu vois, Charlotte, je ne fais pas de miracle. Le mieux que tu puisses espérer, c'est d'être une David-Neel. Ou une Gobillard. Voyons. Ça nous mettrait en 2100, 2105. Le XXIIe siècle. Ça fait bizarre, non ? Charlotte, décédée en 2105.

La mère serra son enfant contre elle dans un mouvement de protection.

– Pourquoi est-ce que ça fait bizarre ? reprit Delmotte. Oh, je sais, c'est le prénom. Charlotte. Démodé pour 2105, hein ?

La mère serrait maintenant l'enfant à l'étouffer, laissant filtrer entre ses paupières à demi closes un regard d'animal traqué.

– Vous ne trouvez pas ça joli ? dit-elle, désemparée. Charlotte ? C'est joli ?

– Mais bien sûr. Je plaisantais, dit Delmotte en sortant.

Il décida d'abréger sa visite.

Il n'allait pas bien, ce matin. Il finissait par s'en rendre compte. Les phrases prononcées par Mme Gobillard lui tournaient dans la tête. Ces jeunes qui ne vieilliraient jamais, la pollution, le nucléaire. Il se félicita de n'en avoir pas parlé à la maman de la petite Charlotte. Puis il se remit à bougonner tout seul au milieu de l'allée principale.

– Des banalités, tout ça. Bien sûr que ce monde est condamné.

Elle avait dit autre chose, cette vieille femme qui semblait se tenir sur le seuil de la mort depuis des années, à attendre son tour.

« Rien ! »

C'était ce qu'elle avait dit. Mon Dieu, on peut faire tout ce chemin pour rien. Aimer, perdre, souffrir, guérir, espérer, pleurer, vouloir, gagner. Pour rien. *Parfois,* songea Delmotte, *les gens laissent la lumière allumée chez eux quand ils s'en vont, pour faire croire qu'il y a quelqu'un. Si c'était ça, ce grand tunnel de lumière ? Un leurre, un mensonge. On veut nous faire croire qu'il y a quelque chose au bout et… Rien.*

Il passa devant le Pavillon Bleu en y jetant à peine un regard. Ne s'était-il pas égaré de ce côté ?

Il fallait qu'il reprenne l'histoire au début. Quand tout avait commencé là-bas, à Djalalabad. Il pressa le pas vers la casemate. Il y entra, regarda autour de lui ces vestiges d'une vie qui lui paraissait celle d'un autre.

L'album. Le gros album gonflé de photos et de morceaux de papier collés. Ses carnets afghans. Il s'en empara.

Quand il ressortit, il aperçut une ambulance à l'autre bout de l'allée. Depuis quelques jours, il avait noté que le docteur Ellisalde prenait certains cas en main sans le consulter. Depuis la mort du jeune Besson. Soudain, le vieil album l'embarrassait. Il voulait savoir ce qui se passait à Bel-Air. Qui allait-on opérer sans son consentement ?

Mathilde surgit de la haie de bambous qui protégeait le Pavillon Bleu.

– Ce n'est rien, dit-elle en désignant l'ambulance. Une jambe cassée. Un skieur.

– Que faisiez-vous au Pavillon Bleu ?

– Je remettais un peu d'ordre dans la pharmacie. Vous trouvez normal qu'on découvre du Rohypnol dans les poches d'un gamin ? Qui a la clef du pavillon ?

– Vous et moi. De quoi m'accuse-t-on encore ?

Mathilde soupira.

– Cela fait quatre ans que vous n'avez pas pris de vacances, Jean. Vous devriez partir un peu. Vous n'allez pas bien, en ce moment.

Le regard de Delmotte dériva en direction du Pavillon Bleu.

– Partez, je me charge de tout, dit Mathilde d'une voix rauque.

– Personne, personne, bégaya-t-il.

Personne ne peut prendre ma charge. Delmotte s'éloigna vers sa maison, traînant les pieds comme un vieillard.

Une fois à sa table de travail, il repoussa la paperasse qui l'encombrait et ouvrit l'album devant lui, au hasard. Il interrogeait ses souvenirs comme les Orientaux consultent leurs livres divinatoires. À la date du 9 octobre, il lut :

« *Vadim a la moitié de la figure arrachée et pourtant je sais qu'il essaie de sourire. J'ai doublé les doses, ce matin. Rien ne pourra le sauver. Je le sens pressé d'aller là où il va. Malheureusement, celui-là ne pourra plus jamais rien me dire.* »

Il tourna deux ou trois pages, remontant vers le passé. Sa main se posa sur quelques lignes rédigées par un jour torride du mois d'août.

« *Galina m'affirme qu'elle ne souffre plus. Nous sommes tous heureux de la voir presque gaie. Elle parle sans cesse de ses enfants. Elle dit que ce sont eux qui l'ont ramenée parmi les vivants, juste au moment où elle se sentait filer vers une étoile plus brillante que les autres, une étoile, précise-t-elle, d'où l'on ne revient jamais.* »

Des étoiles, des tunnels de lumière, des puits incandescents, des océans d'amour... Les rives de la mort semblaient si belles ! Igor avait pleuré trois jours durant tant il souffrait d'avoir été arraché aux promesses de l'au-delà. Un autre, dont Delmotte n'avait jamais su le nom, hurlait qu'il voulait rester auprès de sa mère, enterrée depuis cinq ans.

Il se souvenait de Vitali et d'Alexandre, morts en remerciant Dieu. Il se souvenait de Karim, le jeune guerrier afghan, qui n'avait pu franchir la porte parce que la lumière était si pure et qu'il se sentait si sale. Il se souvenait du propagandiste à l'esprit froid qui prétendait avoir visité le vaste infini.

À l'époque, Russes et Afghans, civils et militaires, médecins et infirmières, tout le monde aimait le « docteur Miracle ». Quand avait-il commencé à considérer ses patients comme des sujets d'expérience ? Aujourd'hui encore, il ne le savait pas. Ce qu'il savait, c'était comment et avec quoi : une racine africaine, l'iboga, livrée sous la forme d'ampoules d'ibogaïne, qu'Omar, son passeur pakistanais, obtenait à Peshawar auprès d'un service de neuropsychiatrie.

Des années plus tard, en lisant un article dans *Toute la science*, Delmotte avait découvert le Bwiti, ce rite des forêts équatoriales qui marque le passage à l'âge adulte. Après avoir consommé de la racine d'iboga râpée et infusée, les initiés gabonais du Bwiti partaient pour un voyage qui rappelait de façon frappante la NDE des expérienceurs.

Expérience. Expérienceur. Le rapprochement de ces deux mots l'avait troublé plus d'une fois. Oui, il avait fait des expériences avec les expérienceurs. N'étaient-ils pas perdus de toute façon, ces malheureux qu'on lui amenait démembrés, défigurés, tripes répandues ? Grâce à l'iboga, Delmotte les maintenait en équilibre ténu sur le fil de la mort. Il apaisait leurs souffrances et écoutait, écoutait… jusqu'au moment où le fil cassait.

Delmotte s'était tenu face à la mort comme l'astronome qui cherche à percer le mystère des origines de l'univers. C'était la même quête désespérée : de quelque façon qu'on dose l'iboga ou si puissant que soit le télescope, l'instant critique, celui où se révèle l'au-delà, celui où s'embrase le Big Bang, demeure à jamais inaccessible.

Delmotte l'avait toujours su. Un expérienceur n'est pas un ressuscité. Mais, dans la tourmente afghane, au cœur de ce massacre quotidien, il l'avait nié. De retour en France, il avait traversé de sombres années de doute. Peu à peu, l'évidence s'était imposée à lui. Il avait poussé des moribonds vers leur destin dans l'espoir qu'ils lui rapportent des nouvelles d'un hypothétique au-delà. Et le doute s'était fait remords.

Iosef avait redonné un sens à sa vie. Iosef avait effacé ses crimes. C'était deux ans plus tôt…

*

*   *

Delmotte était arrivé le premier sur les lieux. La logeuse avait appelé la clinique avant même d'avertir la police ou les pompiers.

Dans la chambre miteuse, un enfant se cramponnait à sa mère comme pour l'empêcher de partir vers l'autre monde. Une histoire sordide. La malheureuse s'était fait dépouiller des derniers biens qu'elle possédait, des bijoux qu'elle comptait revendre. Le couteau était entré au niveau du plexus et avait ouvert l'abdomen de façon horrible. Delmotte n'eut pas besoin d'un long examen pour savoir que la blessure était fatale.

Pourtant, il fit tout pour sauver la femme, restant à son chevet quinze heures de suite. Jamais Iosef ne consentit à s'éloigner. Fasciné par la force qui émanait de ce petit bonhomme, Delmotte le laissa assister jusqu'au bout à l'agonie de sa mère. Et il le laissa parler. Car Iosef parlait.

Que ces heures furent étranges! L'enfant semblait dialoguer avec sa mère dans une langue que Delmotte ne connaissait pas. Mais, sans comprendre les mots, il en saisit pourtant le sens. La folie d'une époque qu'il croyait révolue l'assaillit de nouveau.

– Qu'est-ce que tu dis?

Il étreignit le bras du gamin, il le secoua. Alors, Iosef fit un effort incroyable pour lui transmettre dans son français rudimentaire ce que disait sa mère:

– La lumière. Elle voit mon père. C'est là-bas...

Bribe après bribe, Delmotte apprit que Iosef et sa mère venaient du Kosovo. Que leur village avait été détruit par les flammes. Que le père était mort égorgé. Au bout de son tunnel de lumière, la femme avait retrouvé son mari. Elle était déchirée entre son désir de rester auprès de lui et son devoir de mère. Elle ne se décidait ni à mourir ni à revenir et la NDE se prolongeait. Delmotte, bouleversé, jura à Iosef qu'il prendrait soin de lui.

Ni Jean ni l'enfant n'échangèrent jamais la moindre parole à ce sujet. Mais tous deux savaient qu'à l'instant où ce serment fut prononcé à son chevet, la femme cessa de lutter.

*
*   *

De nouveau, le docteur Delmotte avait connu la paix. *J'ai le temps*, avait-il songé. *Un jour, je vais trouver. Un jour, Iosef va me conduire où je veux aller. Il est encore jeune. Son don de médium va se développer. Alors, mes erreurs deviendront vérité. N'est-ce pas ainsi que la science et la médecine avancent depuis toujours ? Combien de savants avant moi n'ont-ils pas mis en péril la vie de leurs semblables pour les besoins de la recherche, pour le bien de tous ? Quel fut donc le sort des premiers hommes à recevoir un vaccin, une transfusion, une greffe d'organe ? Ils sont morts pour la plus noble des causes. Pour que d'autres vivent après eux. Un jour, je pourrai parler. Je pourrai ouvrir à tous le livre de mes forfaits. Car, ce jour-là, j'aurai répondu à la question des petits enfants : « C'est comment quand on est mort ? » Ce jour-là, j'aurai offert à l'homme le plus extraordinaire des remèdes. L'assurance de son immortalité. Je ne serai plus un criminel mais un bienfaiteur de l'humanité.*

Sur le grand album ouvert, Delmotte lut les derniers mots qu'il avait inscrits de sa plume torturée :

« Chers voyageurs, que vous êtes loin. M'avez-vous menti ? M'avez-vous trompé ? »

Puis il se redressa et son regard se heurta à la façade du Pavillon Bleu. Il ajouta d'une main fébrile :

« N'y a-t-il donc qu'une illusion derrière ce mur ? »

Delmotte perçut un craquement derrière son dos. Il demeura un instant paralysé par la terreur, sa plume suspendue au-dessus du vieil album.

– Jean ?

Il se retourna. Iosef avait entrouvert la porte de son bureau. Le col de sa parka brillant de gouttelettes, l'enfant aux joues rosies par l'air vif apportait avec lui le froid du dehors.

– Je travaille !

Iosef eut un pas de recul.

– Non ! Attends ! s'écria Delmotte. Ta mère, que t'a-t-elle dit ? Jure-le-moi. Jure-moi qu'elle t'a parlé.

L'enfant écarquilla les yeux sans comprendre.

– Ce n'est pas possible, n'est-ce pas ? hurla le médecin. Tu n'as pas pu inventer tout ça. Et lui, là, Simonnet… non, Berthoud… a-t-il vraiment dit…

Le médecin scruta le visage blêmissant de Iosef où coulaient quelques larmes.

– Oh ! Iosef… Iosef, gémit-il. Depuis quand me mens-tu ?

Il revit en pensée l'enfant qu'il avait recueilli deux ans plus tôt, malingre, craintif, mais si vif. Et son regard où brillait une intelligence diabolique. *Il a lu en moi comme dans un livre ouvert*, songea Delmotte tandis que la porte se refermait sur Iosef.

– Ou peut-être…, murmura-t-il.

Sans achever sa phrase, il ouvrit le tiroir de son bureau. La clef de la casemate était là, avec celle du pavillon Bleu. Iosef avait très bien pu s'en emparer, ouvrir la grande armoire métallique, lire les carnets afghans, tout savoir sur son père adoptif. *Pour mieux me manipuler*, pensa Delmotte. *Mais pourquoi tant de malignité ? A-t-il cru que je le rejetterais s'il ne m'était plus utile à rien ?*

Avec effroi, il se demanda alors : *Et n'a-t-il pas raison ?*

9
Ce que savait le gendarme Olivier

Il y avait du monde à l'enterrement de Laurent Besson. Se sachant repérable, Théo se tint à l'écart, appuyé contre un arbre, la canne dissimulée dans son dos. Il se mit à détailler l'assistance. C'était quelque chose de nouveau pour lui : s'intéresser à d'autres, se demander qui ils étaient. Il y avait deux groupes, non, trois. La famille de Laurent Besson, ses amis et, à quelques mètres d'eux, une dizaine de jeunes agglutinés, tout et théâtralement vêtus de noir, le regard figé. *Les réprouvés*, songea Théo. Parmi eux, remarqua-t-il, se trouvait le vendeur du *Black Moon*.

Au moment de la mise en terre, deux hommes se portèrent au secours de Mme Besson qui défaillait. L'un d'eux avait une crinière neigeuse qui faisait un beau contraste avec son visage bronzé. La mère de Laurent refusa son aide et Théo en déduisit qu'il s'agissait de Delmotte. Le fameux docteur Miracle qui n'avait pu sauver le jeune homme. Et l'auteur des *Voyageurs d'outre-tombe.*

Théophile décida de s'éloigner par une discrète allée latérale. Quelques pas plus loin, la surprise le cloua sur place. Antoinette Potvin était là. Pas plus que lui, elle ne s'attendait à cette rencontre. Pour se donner une contenance, elle se baissa vers une tombe, ramassa un pot de bruyère que le vent avait couché puis se signa. *Comédienne*, pensa Théo en faisant crisser les cailloux de l'allée dans son dos.

Ils se retrouvèrent au dîner dans la salle de restaurant. Antoinette était déjà installée à une petite table qui ne pouvait accueillir qu'un seul autre couvert. Théo prit verre et assiette à une table voisine et s'invita en face d'Antoinette.

– Je prolonge mon séjour à Digne, dit-il, le ton abrupt.

– Moi, je pars jeudi. C't une ben belle région, en tout cas.

– Même le cimetière est beau, n'est-ce pas?

– Oui.

Ils se regardèrent intensément. Théo laissa échapper un ricanement. Il se contrôlait mal, il le sentait. Il voulait savoir qui elle était vraiment, pourquoi elle était là. Il aurait dû lui soutirer ces renseignements, manœuvrer, patienter. La colère l'envahissait. Il planta les dents de sa fourchette dans le bois de la table. Antoinette réprima un sursaut et prit un morceau de pain dans la bannette, tout à côté de la fourchette. *Je dois fouiller dans ses affaires*, songea Théo.

Il se pencha vers elle, les narines palpitantes, les yeux étincelants:

– J'ai envie de toi, dit-il.

Antoinette prit la colère du jeune homme pour un désir impérieux. Elle en fut troublée.

– T'es un drôle de gars.

Le patron du Petit-Paris s'approcha et leur proposa le menu du soir. Antoinette prit son temps pour lui répondre, posa des questions sur les vins blancs. Sous la table, Théo lui enserra une jambe entre les siennes. Il fallait qu'elle cède, qu'elle cède vite, qu'elle cède ce soir.

Le dîner fut presque muet. Ils se levèrent de table, sitôt le dessert avalé. Théo ne voulait pas lâcher prise. Des images le traversaient. Elle dormait, il se relevait, fouillait la valise, ouvrait les tiroirs.

Ils montèrent l'escalier. Comme ils passaient devant la chambre de Théo, Antoinette demanda :

– Tu veux-tu ?

– Dans ta chambre, exigea le jeune homme.

– Non.

Il eut envie de la brutaliser. De la contraindre. Une telle montée de rage que son cœur un instant cessa de battre.

– Tu préfères dans ma chambre ? murmura-t-il.

– La mienne est pas montrable, elle est trop à l'envers.

Il lui tourna le dos, sortit sa clef, ouvrit la porte. L'instant d'après, Antoinette était dans ses bras, les lèvres sur ses lèvres. *Tant pis*, songea-t-il. Il allait coucher sans amour, presque sans désir. Brusquement, il repoussa Antoinette.

– Il y a quelqu'un ? demanda-t-il tout haut.

– Qu'est-ce qui t'prend ?

– Il y a quelqu'un… Quelqu'un vient d'entrer.

Théo regarda autour de lui. La chambre était vide. Mais il avait entendu marcher.

– Ça doit être dans la salle de bains…

Il alla vérifier puis revint dans la chambre. Antoinette était déjà à la porte, la main sur la poignée.

– Qu'est-ce que tu fais ? Tu t'en vas ?

– T'as un problème, Théo, un maudit problème.

Elle sortit et il ne la retint pas.

– Un maudit problème, marmonna-t-il en s'asseyant sur son lit.

Il avait vraiment entendu marcher tout près de lui.

Le lendemain matin, en passant devant la réception, la solution lui apparut, tellement simple qu'il en sourit. La clef d'Antoinette était suspendue au tableau. Chambre 217. La Québécoise était sortie. Il n'y avait personne dans le hall d'accueil. Théo posa sa clef bien en évidence sur le comptoir et attrapa celle d'Antoinette.

Il se rendit aussi vite qu'il put devant la porte 217. Il ignorait de combien de temps il disposait. L'affolement le gagna dès qu'il fut entré. Il eut encore assez de présence d'esprit pour refermer la porte à clef. Puis il se jeta sur la valise. Elle était vide. Il ouvrit le placard, la penderie, enfonça ses mains tremblantes dans les tiroirs, souleva les chemisiers, les petites culottes. Ses jambes se dérobaient sous lui. Son manque de sang-froid l'exaspérait. Il aurait dû fouiller méthodiquement en replaçant chaque chose au bon endroit et il était en train de tout mettre sens dessus dessous.

Quelqu'un passa dans le couloir et Théo se précipita vers la salle de bains pour s'y cacher. Il heurta le pied de la table et renversa un verre à dents dans lequel Antoinette avait mis un bouquet de fleurs des champs. L'eau alla se répandre sur un dossier plastifié.

– Mais c'est pas vrai, murmura Théo, atterré par cet enchaînement de gaffes.

Le pas s'était éloigné dans le couloir. Théo secoua le dossier pour en chasser l'eau et deux feuilles s'en échappèrent. C'étaient des articles de journaux, sans doute de la documentation pour Antoinette. Théo hésita : devait-il s'enfuir avec le dossier ou le consulter sur place ? Au point où il en était, il opta pour la première solution. Avant de refermer la porte, il jeta un regard sur le champ de bataille qu'il laissait derrière lui, les tiroirs ouverts, les vêtements à terre et l'eau gouttant de la table. Il en eut un petit rire d'excitation comme un sale gosse après un mauvais tour.

Le premier article que contenait le dossier avait pour titre : « Le corps humain est-il une marchandise ? » Il y était question des prélèvements d'organes, reins, poumons ou yeux. « *Les trafiquants n'hésitent pas à kidnapper et à tuer pour prélever des organes vitaux. Un rein se négocie entre 100 000 et 200 000 dollars. En Chine, ce sont les condamnés à mort qui fournissent des pièces détachées !* »

Théo fronça les sourcils. Il ne s'attendait pas à ce genre de littérature. Il passa à l'article suivant : « Trafic d'organes : la filière turque ». « *On m'avait promis du travail à Ankara, disait une des victimes moldaves. Je me suis retrouvé dans la clinique du "Vautour" avec un rein en moins.* »

De plus en plus mal à l'aise, Théo poussa un long soupir avant de s'enfoncer dans l'horreur d'un autre article : « *La dernière chose dont Harry se souvient, c'est d'avoir bu un verre au bar de son hôtel avec une fille qui l'a dragué. Quand il revient à la conscience, il est nu dans une baignoire pleine de glaçons. Sur le miroir de la salle de bains, un message écrit au rouge à lèvres lui ordonne : "Appelle le 000 ou tu mourras." À côté de la baignoire, il y a un téléphone, il appelle les urgences. On lui conseille de sortir de la baignoire, de se regarder dans la glace. Tout semble normal. Son interlocuteur lui demande alors de regarder dans son dos. Et là, Harry découvre deux entailles d'une vingtaine de centimètres. Harry est en danger de mort. On lui a volé ses reins.* »

Théo repoussa l'article.

– Infect, murmura-t-il.

Mais il n'y croyait guère. Des rumeurs, pas de preuves. Sans doute Antoinette Potvin préparait-elle un article sur le sujet. Au moment où il allait refermer le dossier, Théo jeta un coup d'œil sur un article en anglais. « John Nicholson will be burried this monday. » Théo ne se sentait guère en état de rafraîchir ses connaissances en anglais. Il se contenta de survoler le texte. C'était la tragique histoire d'un journaliste décédé en 1989 à Djalalabad pendant le conflit qui fit suite à l'invasion de l'Afghanistan par les Soviétiques, et dont le corps avait été rapatrié à Toronto, sa ville natale.

L'article était signé d'un simple E.W. et, sous la signature, une main avait tracé au crayon ces mots : « *Delmotte. Clinique Bel-Air. Digne-les-Bains* ».

– Quel sac de nœuds, grommela Théo.

Il lui fallait prendre un fil, n'importe lequel, et tirer. Il attrapa sa canne et sortit.

Au débouché du couloir, il faillit heurter Antoinette.

Elle était haletante et semblait bouleversée.

– Y a quelqu'un qu'est entré dans ma chambre !

Théo eut un réflexe dont la promptitude le surprit lui-même :

– Toi aussi ? On t'a volé quelque chose ? Moi, ils ont juste fouillé.

La journaliste fit peser son regard sur Théo. Il bafouilla :

– Ils... ils devaient chercher de l'argent. Tu... as prévenu le patron de l'hôtel ?

Antoinette secoua lentement la tête.

– Mais tu vas porter plainte ? insista Théo.

La Québécoise se remettait très vite de ses émotions. Elle fit une moue insouciante.

– Oh, c'est pas ben grave. Y m'ont rien volé non plus.

– Tu en es sûre ? insinua Théo.

Le regard d'Antoinette se fit encore plus pesant. Théo rougit.

– En tout cas, moi, je vais au commissariat.

Il mentait à peine puisqu'il avait décidé de se rendre à la gendarmerie.

Il reconnut la rue, le hall d'entrée, les boxes vitrés. C'était la même ambiance assoupie qu'au printemps dernier. Une vieille dame qui avait perdu ses papiers en profitait pour raconter sa vie à un gendarme. Heureux de la diversion, celui-ci accueillit Théo :

– Vous désirez ?

– Je suis M. Desmarets. La gendarmerie de Digne m'a appelé au mois d'avril dernier pour me prévenir de… de l'accident, enfin plutôt de la disparition de…

– Votre femme, l'interrompit le gendarme avant de se présenter : Christophe Olivier. J'ai suivi l'enquête mais je n'en étais pas responsable.

– L'affaire a été trop vite classée, hasarda Théo. On m'a tout de suite annoncé qu'il s'agissait d'un accident. Mais le corps de ma femme n'a pas été retrouvé… Ça vous paraît normal ?

Le gendarme ne broncha pas. Théo eut peur d'être rapidement éconduit s'il devenait trop critique.

– Ma femme n'en était pas à son premier vol en parapente. Je me demandais si… si elle n'avait pas réussi à se poser. Et elle aurait ensuite été…

Sa voix se brisa :

– … agressée ?

Le gendarme Olivier laissa passer quelques secondes, apparemment sans réaction. Puis il se décida :

– Voyez-vous, j'y ai souvent repensé.

Théo le dévisagea ardemment. Il n'avait aucun souvenir de ce gendarme. Il gardait en tête le brigadier qui avait mené l'enquête, un homme qui était à quelques semaines de la retraite. Il s'appelait Lheureux, le brigadier Lheureux. Théo l'avait haï.

– Voyez-vous, quelque chose ne collait pas, reprit lentement le gendarme Olivier. On retrouve la coque mais pas le corps. Ça colle pas.

On aurait dû retrouver le corps attaché à la coque, encore solidaire du parapente. Théo se souvint de l'argumentation du brigadier :

– On m'a affirmé que le choc et la violence de la crue avaient fait se détacher le corps.

Le gendarme se mordilla les lèvres. Non, ça ne collait pas.

– Voyez-vous, on a retrouvé la coque du parapente coincée entre des rochers avec des débris de l'aile à une dizaine de kilomètres de Digne. Mon supérieur de l'époque, le brigadier Lheureux, en a déduit que votre femme était tombée à l'eau un peu plus haut. Bon. J'ai remonté le cours et, à cinq kilomètres en amont à peu près, j'ai fait une découverte bizarre. Un peu par hasard. Dans les fourrés, j'ai retrouvé des lunettes comme on en porte pour faire du parapente. Des Serengeti à verres roses.

– C'est ça ! s'écria Théo.

L'émotion le faisait trembler de la tête aux pieds. Il avait en face de lui le seul homme qui savait quelque chose.

– C'est... c'est la crue qui les avait déposées là ? balbutia-t-il.

Le gendarme Olivier fit d'abord « oui » de la tête, puis « non ».

– Trop loin de la rivière. On les avait jetées là. J'en ai parlé à mon brigadier. Mais pour lui, ça n'avait pas de rapport avec l'accident. Il ne les a même pas gardées comme pièce à conviction. Lui, sa conviction était faite.

Que s'était-il passé ? Théo ferma les yeux. C'était insupportable d'imaginer. Toute sa vie il devrait imaginer. Une main posée sur son épaule le réconforta. Il rouvrit les yeux. À un mètre de lui, les bras croisés, le gendarme Olivier n'avait pas bougé.

– Vous vous souvenez de l'endroit? le questionna Théo.

Cinq minutes plus tard, Théo roulait dans une camionnette de la gendarmerie nationale. Olivier se gara devant le coin de pêche de Iosef, juste au-dessous du promontoire rocheux.

– Voilà, c'était là, dans ces fourrés. La rive avait un autre aspect, l'eau montait beaucoup plus haut. Mais j'ai un repère.

Il désigna le promontoire. Et si Lucie avait pu se poser là-haut?

– Je vais y monter, dit Théo.

Le gendarme jeta un petit coup d'œil sur la canne. Pour une fois, Théo n'en éprouva aucune humiliation.

– Oui, ça ne va pas être facile.

Les deux hommes se sourirent.

– Accident de voiture? questionna le gendarme.

– De moto.

– Comme le fils Besson, remarqua Olivier pour lui-même.

Ce fut tout. Théo prit le bras du gendarme et s'y cramponna. Dès qu'ils furent sur le promontoire, ils aperçurent parmi les cailloux un vieux briquet taché et de curieux débris de ferraille rouillée. Le gendarme Olivier s'agenouilla pour les examiner. Il paraissait intrigué.

– Qu'est-ce que c'est? demanda Théo.

Le gendarme fit une moue d'ignorance et rejeta le morceau de tuyère. Soudain, il tendit une main vers le ciel. Le cœur de Théo se serra. C'était un parapente.

10
La pêche miraculeuse

Théo revint à pied par la rue de l'Hubac. Il avait trop marché, son genou le faisait souffrir. Ses yeux le brûlaient tant il avait refoulé de larmes. Le gendarme Olivier lui avait laissé peu d'espoir. Pour relancer l'enquête, il aurait fallu découvrir un élément nouveau, un témoignage ou un indice, quelque chose qui contredise la thèse de l'accident.

En passant devant la vitrine du *Black Moon*, Théo y jeta un coup d'œil machinal. Il tressaillit et recula d'un pas. Dans le magasin, près du comptoir, il venait d'apercevoir Antoinette Potvin. Elle était en conversation avec le vendeur. Ils étaient seuls et paraissaient cependant chuchoter, penchés l'un vers l'autre.

Ce soir-là, ne voyant pas Antoinette dans la salle de restaurant, Théo s'apprêtait à dîner avec la seule compagnie de *Nice-Matin*. Une vague intuition lui fit chercher les faits divers. À la page 8, il tomba sur cet entrefilet: «*La rave tourne au cauchemar. La free party qui s'est déroulée ce week-end aux portes de Digne, dans une friche industrielle, va apporter de l'eau au moulin des détracteurs des "teufs" techno. Un adolescent de quinze ans a pu se procurer sur place un cocktail de drogues et de boissons alcoolisées qui a entraîné un coma par overdose. Transporté d'urgence à la clinique Bel-Air, il n'avait toujours pas repris connaissance ce matin.* »

L'irruption de l'ambulance dans la nuit était la seule image que Théo avait gardée de la rave, comme s'il n'était venu là que pour ça. Lentement, il plia en deux, puis en quatre les feuilles du journal.

– Est-ce que Mme Nicholson dîne avec vous, ce soir ? fit une voix.

Théo releva la tête et aperçut le patron du Petit-Paris.

– Vous dites ?

– Mme Nicholson ? Elle dîne ici, ce soir ? répéta l'hôtelier.

Devant la mine stupéfaite de Théo, il se crut obligé de préciser :

– La dame qui a mangé avec vous...

– Ah ? Mme Ni...

Théo comprit qu'il devait se ressaisir :

– Excusez-moi, j'avais l'esprit ailleurs. Mme Nicholson ne m'a rien dit pour ce soir.

Antoinette ne vint pas pour le dîner. Théo abandonna le dessert à mi-parcours et se dépêcha de monter à sa chambre.

– Nicholson, marmonna-t-il en tournant la clef dans la serrure.

Il avait lu ce nom dans le dossier qu'il avait subtilisé à Antoinette. Il se souvenait bien du titre de l'article : « John Nicholson will be burried this monday. » *John Nicholson sera enterré ce lundi.*

Théo ouvrit la penderie, souleva une pile de pulls et de chemises. C'était là qu'il avait caché son larcin.

Son cœur s'emballa. Il sortit un à un ses vêtements et les posa sur le lit, mais sans se faire d'illusions. Antoinette lui avait rendu la monnaie de sa pièce. Le dossier avait disparu.

– Merde.

Théo s'étendit en travers du matelas et laissa ses pensées s'entrechoquer. Des lunettes Serengeti, le vendeur du *Black Moon*, Delmotte à l'enterrement, la Rolex au poignet de l'enfant, les prélèvements d'organes, Potvin qui s'appelle Nicholson, Nicholson mort en Afghanistan.

Un sanglot secoua Théo. Jamais il ne s'était senti si désemparé. Si seul. Non. Pas seul. Il se redressa brusquement.

– Il y a quelqu'un ?

À l'autre bout de la ville, le vendeur du *Black Moon* avait baissé son store à mi-hauteur et grillait des cigarettes dans la pénombre de son magasin, assis derrière son comptoir. Trois coups frappés contre la tôle le firent se redresser. Il se glissa sous le store et, une fois dans la rue, acheva de le fermer. Un garçon, aussi sombre que la nuit, le regardait sans parler.

– Alors, comment on fait ? demanda le vendeur qui se prénommait Hervé.

– C'est bon, répondit l'autre qu'on appelait Zen.

La veille, il avait lu le *Bardo* sur la tombe de Laurent Besson. Personne ne savait qui il était.

– À deux, on va pas s'en sortir, fit Hervé.

– Je te dis que c'est bon. J'ai donné rencard à deux potes au cimetière.

Ils marchaient à grandes enjambées. Hervé coula un regard inquiet à son complice.

– Je les connais ?

– ... pas.

Ils ne dirent plus un mot et prirent la voiture d'Hervé. À l'entrée du cimetière, deux ombres se fondaient dans le mur. Elles s'en détachèrent quand Zen s'approcha.

– Venez prendre les outils dans le coffre, leur dit-il.

Ils sortirent pelles, pioches et tenailles. Avec une grande pince coupante, Zen cisailla la chaîne cadenassée qui fermait la grille d'entrée.

– Deuxième allée à droite, c'est après le caveau de la famille Crépin, indiqua Zen. Y a pas encore de plaque.

Il était le seul à parler. Hervé qui ne connaissait pas les deux autres garçons restait sur la défensive. Une fois devant la tombe de Laurent Besson, il s'approcha de Zen et lui chuchota à l'oreille :

– Ils savent pourquoi on est là ?

– Ils s'en foutent, ils viennent pour le fun.

Zen cracha dans ses mains et prit une pelle.

– Ça va être facile, la terre vient d'être remuée.

Dix minutes plus tard, une des pelles heurta le bois du cercueil.

– C'est moi qui ouvre, dit Zen.

Le lendemain matin, la première pensée de Théophile fut pour le gendarme Olivier. Il fallait qu'il lui parle de la montre Rolex Explorer. Théo était certain qu'il s'agissait de celle de Lucie. L'enfant avait dû la trouver dans les fourrés à côté des lunettes. Est-ce que ce seul objet – puisque les lunettes avaient disparu – suffirait à faire rouvrir l'enquête ?

À la gendarmerie, Théo aperçut Olivier derrière une vitre en train de téléphoner. Il lui fit un signe de la main auquel l'autre répondit d'un froncement de sourcils. Il était préoccupé. Quand il sortit de son bureau, il avait même l'air contrarié.

– Je vous dérange ? supposa Théo. J'ai repensé à un détail concernant...

Le gendarme Olivier leva tout de suite la main pour l'interrompre.

– Excusez-moi. J'ai une affaire assez désagréable qui me tombe dessus, ce matin.

Un collègue fit alors irruption.

– Je viens d'avoir M. Besson au téléphone. Pour lui, ce sont des amis de son fils qui ont ouvert son cercueil. Des adeptes du vampirisme ou je ne sais quoi...

Le gendarme Olivier lui fit « chut » d'un ton sévère et lui désigna Théophile d'un mouvement de tête. Théo comprit qu'il était de trop.

Une fois dans la rue, il laissa de nouveau sa pensée dériver. Le cercueil de Laurent Besson avait donc été forcé. Théo revit ce groupe de jeunes gens à l'écart pendant l'enterrement. Des amis de Laurent, de douteux amis. Parmi eux, il y avait le vendeur du *Black Moon* qui se déguisait en vampire aux heures d'ouverture de son magasin. Antoinette lui avait rendu visite la veille au soir, et n'avait pas reparu au dîner. Théo s'aperçut que depuis quelques heures il collectionnait les faits sans émettre d'hypothèse. Dans sa nuit intérieure passaient et repassaient des ombres menaçantes. Si la Vérité un jour écartait les ténèbres, elle aurait le visage de l'horreur absolue.

Au tableau de la réception, la clef 217 était accrochée.

– Mme Nicholson est sortie ? s'informa Théo.

Le patron du Petit-Paris cligna des yeux, l'air malicieux.

– Elle a réglé sa note, ce matin. Mais…

Il se baissa, attrapa une enveloppe cachetée sous le comptoir et la tendit à Théo :

– … elle m'a demandé de vous remettre ça.

Ses yeux interrogeaient Théo. Que trafiquait ce jeune veuf avec une dame un peu mûre ?

– Je vous remercie, monsieur, se raidit Théo.

Dans sa chambre, il put lire : « *Monsieur Desmarets, vous ne croyez pas qu'on serait dû pour se donner quelques explications ? Retrouvez-moi ce soir à 23 heures au parking du Musée-Promenade. J'ai une Ford Focus blanche de location.* »

Théo grimaça. Il connaissait l'endroit qui avait servi de lieu de ralliement aux ravers. Les nuits ordinaires, le parking devait être désert. *J'ai peur*, remarqua Théophile. Il savait qu'il irait à ce rendez-vous. Mais il aurait peur. Il se punit en frappant sa jambe d'un coup de canne. Son handicap avait fait de lui un lâche.

Il se terra dans sa chambre jusqu'à midi puis il sortit en évitant l'hôtelier. Il alla déjeuner à l'auberge des Trois-Chapons.

– Je vous signale notre plat du jour, récita une jeune serveuse à la voix chantante. Une truite aux amandes…

Théo esquissa une moue.

– C'est pas une truite d'élevage, c'est une truite de rivière, monsieur.

Elle avait l'air d'y tenir et Théo était fatigué.

– Va pour la truite aux amandes, mademoiselle.

L'attente fut longue. Théo mangea du pain, sortit la lettre d'Antoinette, la relut, sentit de nouveau la peur lui serrer le ventre, se détesta, s'apitoya sur lui, s'impatienta en cherchant des yeux la serveuse, mangea le reste du pain.

– Voilà, monsieur. Excusez-nous, on a eu un petit incident en cuisine, fit la jeune fille avec un grand sourire tendre.

Théo venait de sortir une nouvelle fois la lettre de sa poche. Il la replia en hâte au-dessus de l'assiette et balbutia :

– C'est sans importance.

Il se souvint alors qu'il détestait les truites à cause des arêtes. Il fendit la peau dorée puis entrouvrit la chair à la blancheur de lait. Il suspendit son geste. Là, sortant du ventre du poisson, était-ce possible ? Là, à demi caché par les amandes, il y avait un anneau. Un anneau d'or. Théo regarda autour de lui. La salle de restaurant était déserte. Délicatement, il prit l'anneau entre le pouce et l'index et le posa sur sa serviette. Puis il sourit, rassuré. C'était son alliance.

Quand il avait accosté Antoinette dans ce même restaurant, il avait ôté son alliance pour lui plaire plus sûrement et l'avait cachée dans sa poche. L'alliance avait dû se glisser dans la lettre pliée puis elle était tombée dans l'assiette. Théo l'essuya. Au moment où il la passa à son doigt, il se souvint du jour, de l'endroit où il avait fait ce geste pour la première fois. C'était à Genève.

*
* *

Lucie et Théo étaient dans l'autobus, n'importe quel autobus pour aller n'importe où. Ils s'aimaient.

« Prochaine station : Coutance », annonça une voix immatérielle.

– C'est ta ville natale, ça ? chuchota Lucie.

– Non, c'est Coutances avec un « s » à la fin.

– Viens. On descend.

C'était dans ses façons à elle. Elle voyait des signes partout.

– Il n'y a rien à faire ici, bougonna Théo, une fois sur le trottoir.

– Si, regarde de l'autre côté !

Sur le trottoir d'en face, il y avait une bijouterie qui portait le joli nom d'Orfeo.

– On va s'acheter nos alliances, décida Lucie.

– Alors, c'est...

– C'est oui.

La veille au soir, il l'avait demandée en mariage et elle n'avait pas répondu. Ils entrèrent dans la boutique.

Le bijoutier était charmant, peut-être homosexuel. Il couvait Théo des yeux. Il sortit plusieurs plateaux d'alliances. Théo et Lucie posèrent l'une à côté de l'autre leur main gauche, celle de Théo fine comme une main d'artiste, celle de Lucie musclée comme une main de sportive.

– Ça, c'est extraordinaire, roucoula le bijoutier. Vous allez porter une alliance du même diamètre. La même alliance.

Théo et Lucie emmêlèrent leurs doigts et s'embrassèrent à pleine bouche devant le bijoutier ébahi.

*
* *

Les larmes montèrent aux yeux de Théo. Avoir tant aimé, que c'est douloureux! Il chercha fébrilement un mouchoir dans sa poche tout en cillant. Soudain, il cessa de fouiller. Un tremblement le saisit, le tremblement sacré de celui qui approche le mystère. Du fond de sa poche, il sortit un anneau et le regarda briller dans sa paume. Ce qui lui restait de raison se révolta.

– Non, murmura-t-il.

Mais à quoi bon résister? Il passa l'anneau à son doigt sans la moindre difficulté et resta un long moment à contempler les deux alliances accolées.

– Vous avez fini, monsieur?

Théo dévisagea le serveur sans le voir tout à fait.

– Vous n'avez pas aimé? Pourtant, les truites de la Bléone sont réputées.

– Les truites de la Bléone, répéta Théo.

– Vous voudrez un dessert? demanda le garçon que l'état de son client commençait à alarmer.

– Non, merci. Mais où est passée la serveuse?

– Quelle serveuse?

Théo se mit à rire puis plongeant le visage entre ses mains, il étouffa un sanglot.

À vingt-deux heures cinquante-cinq, il gara sa voiture au parking du Musée-Promenade. Il avait repéré un peu plus haut une Ford blanche à l'arrêt. La peur lui broyait le ventre, lui coupait le souffle, lui asséchait la bouche et les yeux. Il était au bord du malaise. Il ouvrit la portière et s'extirpa en s'appuyant sur sa canne. Une fois redressé, il respira le vent de la nuit puis, sans réfléchir à ce qu'il faisait, il jeta sa canne sur le siège avant. Il claqua la portière et fit un pas. Il vacilla du côté de sa jambe blessée mais se sentit au même instant soutenu, retenu, maintenu. À droite. À gauche. Pris entre les ailes de l'ange.

Maintenant, va!

11
Théo disparaît

Antoinette avait allumé le plafonnier de la Ford. Elle jeta un regard hostile au jeune homme qui venait de s'asseoir sur le siège du passager.

– Alors, dit-il, c'est Potvin ou Nicholson?

– Et vous, c'est voleur ou journaliste?

Elle avait gardé la main droite dans sa poche. Théo se demanda si elle était armée.

– Je suis inoffensif, répondit-il.

La main d'Antoinette se desserra autour de son téléphone portable. Théo lui sourit. Une telle tristesse autour de lui, une telle magie. Antoinette en eut un soupir oppressé.

– J'ai perdu celle que j'aimais, dit-il. Tout ce que je fais, bien ou mal, c'est à cause d'elle.

Antoinette posa les deux mains sur le volant et le regard droit dans la nuit, elle se mit à parler d'elle comme elle aurait déroulé une notice nécrologique.

– Chus née Potvin, mais chus tombée en amour avec un grand reporter canadien du nom de John Nicholson. Pis on s'est mariés. John est parti pour l'Afghanistan en octobre 1988. Pis en janvier 1989, il circulait près de Meterlam avec une unité de l'arme russe, il est tombé dans une embuscade. Il a été blessé à la tête et aux jambes, mais y z'ont pu l'évacuer à l'hôpital de Djalalabad. Là-bas, y avait un médecin qu'on appelait le docteur Miracle. Jean Delmotte pour l'état civil.

Antoinette se tourna brusquement vers Théo :

– J'ai perdu l'homme de ma vie. Tu m'comprends-tu ?

Théo fit oui de la tête.

– L'ambassade du Canada a réclamé le corps de mon mari. On m'a fait venir à la morgue pour l'identification.

La voix d'Antoinette qui se voulait neutre se mit à trembler.

– Le médecin légiste a demandé à me rencontrer. Y m'a dit que John était mort à cause de ses blessures. Mais c'était pas tout. On... on y avait enlevé les reins et les yeux. Au scalpel.

Théo poussa un gémissement. Lucie. Son corps.

– Chus aussi journaliste, reprit Antoinette. Quand le régime des talibans est tombé, j'étais au Pakistan. Chus allée en Afghanistan avec une équipe de télévision italienne. Pis après, j'ai pu m'rendre à Djalalabad. Les gens s'rappelaient du docteur Miracle. Y z'en parlaient avec admiration.

Antoinette se tut. Elle se souvenait de ce moment précis, à la tombée de la nuit, où elle avait croisé cette jeune infirmière. Ses yeux noirs qui en avaient trop vu, le sourire qu'elle mettait sur son silence.

– Elle s'appelait Mutine, reprit Antoinette comme si Théo avait pu suivre ses pensées. C'tait un surnom. Elle était muette. Elle connaissait à moitié l'anglais, à moitié le français. On a communiqué par écrit avec une craie et un morceau d'ardoise. C'est elle qui m'a dit c'que les autres me cachaient.

Jean Delmotte s'était livré au trafic d'organes. En échange de médicaments, il avait fourni à un passeur pakistanais des reins, des yeux, des poumons qu'il prélevait à tous ceux qui décédaient entre ses mains.

– Mais c'est pas le pire, Théo. Les médicaments, y s'en servait pour tuer le monde. C't'un fou.

Elle frappa le volant à petits coups avec le tranchant de la main tout en martelant :

– Fou un jour, fou toujours. Ce qu'il a fait là-bas, il le fait ici. Y a des gens qui disent que c'est pas prudent de se faire opérer à Bel-Air. Delmotte a pus la main ben ben sûre, c'est ce qu'y disent.

De nouveau, elle se tourna vers Théo :

– T'as-tu déjà entendu parler de Laurent Besson ?

*
* *

– Laurent Besson ?

– C'était bien votre ami ?

Le gendarme Olivier évitait de regarder le jeune vendeur du *Black Moon*. Il tripotait des objets sur le comptoir, un collier de chien à clous, un bracelet de cuir à lacet, comme s'il cherchait une bricole à offrir.

– Je le connaissais un peu, répondit le vendeur.

– Vous étiez à son enterrement.

– J'étais pas tout seul.

Le garçon était nerveux. Il ne fallait surtout pas l'attaquer de front.

– Voyez-vous, je vous en parle… C'est pour avoir votre sentiment. Dans une ville comme celle-ci, les gens causent. Ils disent qu'on aurait dû évacuer Laurent sur un hôpital. Peut-être à Nice. On aurait pu le sauver.

– C'est clair, marmonna le vendeur.

Olivier releva les yeux et vit avec satisfaction que son interlocuteur se relâchait.

– Pour les urgences, il vaut mieux un hôpital, insista le gendarme. Bel-Air, dans un cas comme celui du petit Besson, c'était risqué.

Ces bruits-là avaient réellement couru. Olivier le savait.

– À propos, vous étiez au courant que Laurent venait d'avoir un chagrin d'amour ?

– Christelle ? C'était de l'histoire ancienne.

– Pas tant que ça. La mère de Laurent m'a dit que son fils était désespéré, qu'il parlait même de mourir. C'était juste avant son accident. Voyez-vous, je me demande si c'était pas un suicide, cet accident. Hein, à votre avis ?

Le vendeur du *Black Moon* ne voyait pas trop où le gendarme voulait en venir. Il haussa les épaules.

– Laurent était tellement malheureux après sa rupture avec Christelle qu'il avait fait appel à un envoûteur pour que son amour lui revienne. Le Professeur Koko, vous connaissez ?

Le jeune homme se mit à ricaner.

- Mais des conneries…

– Oui, des conneries. On sacrifie un coq sur une tombe et on recueille son sang dans un ciboire. C'est bon, le sang de coq ?

– Quoi ? C'est quoi ce que vous me racontez ? bredouilla le garçon.

Olivier tenta sa chance :

– Je vous parle de VOS conneries. La tombe que vous avez ouverte, cette nuit. C'était aussi pour un envoûtement ?

– Mais non, c'était pas pour ça ! se récria le vendeur.

Il se tut, comprenant qu'il venait d'avouer. Au fond, il aimait autant. Olivier se pencha vers lui par-dessus le comptoir et lui dit presque affectueusement :

– Je crois que le mieux, c'est que vous fermiez votre boutique et que vous veniez vous expliquer tranquillement avec moi.

– Mais c'est pas moi ! se révolta le jeune homme. C'est cette putain de vieille peau ! Elle s'appelle Nicholson. Elle m'a raconté des craques, qu'on avait prélevé des reins à Laurent, que c'était un type qui faisait ça en Afghanistan. Il tuait des gens là-bas, d'ailleurs il a tué Laurent. Enfin, d'après elle.

Le gendarme faisait « oui, oui » de la tête en songeant que le malheureux pétait les plombs.

– Le type, mais vous le connaissez ! C'est Delmotte. Le docteur. C'est lui qu'a opéré Laurent.

– On va s'expliquer tranquillement, répéta Olivier.

Mais cette fois, le ton était pressant.

– Suivez-moi.

– Attendez, je... j'enlève mes lentilles.

– Vos lentilles de vampire ? s'informa le gendarme, à peine ironique.

– Mais des conneries.

Olivier songea que ce paumé ne voyait pas la limite entre les conneries et le crime. Se déguiser en vampire est une chose, profaner une tombe en est une autre.

– C'est pas de ma faute, dit-il encore en attrapant sa veste. C'est l'autre, là, Nicholson qu'elle s'appelle. Vous aurez qu'à lui demander. Elle loge à l'hôtel du Petit-Paris.

Une heure plus tard, le gendarme Olivier tendait à son supérieur la déposition complète et signée du jeune Hervé Dacheux, vendeur au *Black Moon*. Elle mettait en cause trois autres jeunes et une certaine Antoinette Nicholson dont Olivier se demandait si elle existait ailleurs que dans la cervelle détraquée du vendeur.

– C'est quoi, cette histoire de trafic d'organes? s'étonna le brigadier.

Le gendarme Olivier eut envie de répondre comme l'accusé: «Mais des conneries.» Il se contenta de hausser les sourcils.

– Vous avez vérifié si cette dame Nicholson loge au Petit-Paris?

– Je vais le faire, mon brigadier.

Olivier fut tout de même intrigué d'apprendre de la bouche du patron du Petit-Paris que la Québécoise avait une réelle existence. Mais elle avait rendu la clef de sa chambre, le mercredi matin. Juste le lendemain de la profanation de la tombe de Laurent Besson.

– Elle ne vous a pas dit si elle continuait à faire du tourisme dans la région? questionna le gendarme à tout hasard.

– Les clients, ils nous racontent pas leur vie.

Mais un détail revint à l'esprit de l'hôtelier.

– Y a quelqu'un qui pourrait peut-être vous renseigner. C'est le monsieur de la 213. Il a dîné avec cette dame et elle lui a laissé un petit mot en partant.

Olivier comprit que c'était une nouvelle piste.

– Eh bien, vous direz à ce monsieur… Au fait, comment s'appelle-t-il ?

– Desmarets. Théodore ou un nom ancien dans ce genre.

– Théophile, fit le gendarme entre ses dents.

Il lui sembla que l'affaire, jusqu'alors limpide, devenait soudain opaque.

– Ce monsieur ne vous a pas dit qu'il allait quitter l'hôtel, lui ?

Le patron regarda au tableau.

– Non. Il doit même être dans sa chambre.

– On peut l'appeler ? Dites-lui que le gendarme Olivier souhaite lui parler…

L'hôtelier composa le numéro de la chambre de Théophile.

– Monsieur Desmarets ? Y a le gendarme Olivier pour vous à la réception. […] Au sujet de Mme Nicholson.

Olivier fronça les sourcils. Il aurait préféré davantage de discrétion. Le patron se tourna vers lui :

– Il est en train de se raser. Il arrive…

Théophile avait menti. En réalité, quand le téléphone avait sonné, il s'apprêtait à sortir pour rejoindre Antoinette. *Donc*, songea-t-il, *Olivier enquête sur la pro-*

fanation de la tombe et il est remonté jusqu'à Antoinette. Si le gendarme poussait plus avant ses recherches, il finirait par prendre le chemin de la clinique Bel-Air. Théo prit sa décision à ce moment-là. Il ne se soumettrait pas à l'interrogatoire du gendarme. Il ne l'aiderait pas à mettre la main sur Antoinette. Car il était décidé à mener lui-même son enquête et à sa façon…

Il ferma sa porte à clef, rassembla quelques affaires dans un petit sac de randonnée et fit ses adieux à son encombrant manteau noir. Il posa bien en évidence sur la table un chèque pour régler la chambre et les repas. Puis il ouvrit la fenêtre. Celle-ci donnait sur la cour intérieure de l'hôtel, laquelle servait de parking aux clients. Juste à l'aplomb de la fenêtre, il y avait le petit toit en zinc des anciens cabinets. S'y laisser glisser puis sauter dans la cour était un jeu d'enfant. Mais la réception serait rude pour Théo. *Une chance sur deux que mon genou cède*, se dit-il sans s'émouvoir.

Il lança d'abord sa canne. Elle roula le long du toit légèrement en pente puis tomba dans la cour. Intacte. Théo s'assura que le bruit n'avait alerté personne puis, à la force des bras, il se laissa descendre sur le toit. Il se mit ensuite à quatre pattes pour avancer. Quelques jours plus tôt, il n'aurait pas supporté une telle humiliation. Une fois tout au bord du toit, il s'assit, les jambes dans le vide et se répéta : *Une chance sur deux.* Il ne sentait plus cette présence qui si souvent l'escortait. Peut-être lui fallait-il fermer les yeux ? Un, deux… Il sauta.

– Merde.

Son genou gauche, rafistolé par plusieurs opérations, avait craqué.

– Merde, merde.

Toujours à terre, il attrapa sa canne et, sans retenir des larmes de douleur, il se redressa. Il fit un pas et crut que le sol s'enfonçait sous sa jambe gauche. Au même moment, le cuisinier du Petit-Paris ouvrit la porte des cuisines pour prendre le frais dans la cour. Sans réfléchir, Théo s'accroupit derrière une voiture. Croc ! fit son genou.

– Mais ferme cette porte ! cria la patronne. On est en plein courant d'air.

Théo attendit quelques secondes avant de se redresser. La cour était de nouveau déserte. C'était le moment ou jamais de disparaître. Sa voiture n'était qu'à quelques mètres. Théo fit un pas. Une grimace. Un pas. Une grimace. La douleur lui portait au cœur. Il allait s'évanouir. *Lucie, aide-moi.* Théo sentit deux mains comprimer son genou l'empêchant de se dérober. Il put marcher jusqu'à sa voiture et s'installer derrière son volant. Un bref instant, il se laissa aller, les yeux fermés. *Alors, c'est toi ?*

Puis il démarra et s'éloigna à tout jamais de l'hôtel du Petit-Paris.

12
LES AVEUGLES VOIENT ET LES BOITEUX MARCHENT

Antoinette rabattit un peu plus le feutre sur les yeux de Théo. Son regard trop bleu le rendait repérable. Mais Antoinette avait eu cette idée de louer une chaise roulante dans une pharmacie spécialisée. Sans sa claudication désinvolte, Théo se signalait moins à l'attention. Jouant jusqu'au bout le rôle de la garde-malade, Antoinette rajusta le plaid sur les jambes du jeune homme puis remonta le col de sa parka. Elle s'attachait de plus en plus à ce garçon fantasque qui forçait les cœurs et sautait par les fenêtres. Par amour, disait-il. Bien sûr, le souvenir de John l'avait elle-même entraînée jusqu'en Afghanistan puis conduite ici à Digne. Mais alors qu'elle était si près de découvrir la vérité, elle avait soudain envie d'y renoncer et de ramener ce jeune homme à la raison. Elle avait peur pour lui. Ou était-ce autre chose?

– Parfait, dit Théo. J'ai le plan des lieux bien en tête maintenant. Après le Pavillon Jaune, c'est le Bleu, puis la maison de Delmotte. Si la montre de Lucie est encore quelque part, c'est là.

Antoinette ne répondit rien. Elle était certaine que Iosef s'était débarrassé de la Rolex.

Avance vers les bambous, ordonna Théo.

Plus il semblait dépendant, plus il prenait un ton de commandement.

Ils s'arrêtèrent sous le couvert des bambous. L'ombre était glaciale, l'endroit désert et il s'en dégageait une impression de tristesse et d'abandon. Antoinette frissonna.

– Tu es sûre que Delmotte fait du trafic d'organes à Bel-Air ? la questionna brusquement Théo.

– J'en mettrais pas ma main au feu, mais...

Sa voix hésitait.

– Quoi ? Tu m'as raconté n'importe quoi ? s'impatienta Théo.

– J'ai pas de preuves.

– Si j'ai bien compris tes articles sur les prélèvements d'organes, reprit Théo, on ne fait ce genre de choses que sur des gens en coma dépassé. Des accidentés comme Laurent ?

– Oui, y z'ont le cerveau détruit, mais le cœur bat toujours.

Théo poursuivit d'une voix lente comme s'il cherchait à se frayer un chemin :

– Quelqu'un... quelqu'un qui serait en coma dépassé à la suite d'une overdose, il faudrait... il faudrait attendre que l'organisme soit nettoyé. Peut-être qu'au bout de quelques jours les reins seraient... récupérables ?

Il conclut sans se soucier d'être compris :

– Berthoud ? Où est-ce qu'ils l'ont mis ?

– Tu parles de quoi, là ?

– Je peux trouver la preuve qui te manque. Mais je dois vérifier. Cette nuit.

– Cette nuit ?

Antoinette savait que le jeune homme allait tenter quelque chose. Elle le sentait tendu, prêt à lui échapper. Heureusement, l'état de son genou ne lui permettait pas de se passer d'elle.

– Tu vas me laisser là, dit-il. J'ai des choses à faire, cette nuit.

Antoinette se pencha vers lui :

– Cette nuit, tu dors à la Villa Alexandra. J'ai réservé deux chambres.

Théo esquissa un sourire.

– Je fais ce que je veux, Antoinette. Je suis un grand garçon. Écoute-moi. Cette nuit, tu gardes ton portable branché. Si j'ai un problème, je t'appellerai.

– Mais Théo, c'est pas possible. Ton genou. Comment tu vas faire ? T'as même pas ta canne !

Le sourire s'était fait moqueur. Antoinette commençait à se demander si elle avait affaire à un imposteur. Le garçon était-il réellement handicapé ?

– Ce n'est pas possible, mais c'est comme ça, Antoinette. Je ne peux pas t'expliquer. Ce n'est pas explicable.

Antoinette fit une dernière tentative :

– Là-bas, Delmotte avait une infirmière avec lui. Ici, il a sûrement des complices. Y peuvent être ben dangereux, eux autres. Tu vas leur dire quoi s'y te trouvent dans le parc ?

Théo se mit carrément à rire.

– Que je cherche des champignons. Je n'ai pas peur d'eux. Je n'ai peur de rien. C'est nouveau mais c'est comme ça.

Il ajouta comme s'il s'agissait d'une blague :

– Et en plus, mon genou est cassé.

Il fit mine de se lever mais la douleur le força à se rasseoir.

– Va-t'en, souffla-t-il.

Antoinette voulut protester. Il cria :

– Va-t'en, va-t'en !

Furieuse, elle tourna les talons. Il la regarda s'éloigner et son cœur se serra. Elle était tout ce qui le rattachait à ce côté-ci du monde.

Il ferma les yeux. Ils étaient brûlants. Il appuya le bout de ses doigts glacés sur ses paupières pour les rafraîchir. À l'instant même, l'écran noir qui lui bouchait la vue devint lumineux, d'abord orangé, puis jaune, blanc, d'un blanc aveuglant. Théo se sentit basculer intérieurement. C'était sans doute le prélude à l'évanouissement. Devant lui, il y avait une spirale de lumière se déroulant à l'infini. Tout lui revint en un éclat de seconde, le souvenir de chaque contact, une main le crochetant au bord du vide, des ailes refermant sur lui les pans de son manteau ou une paume bien à plat entre ses omoplates. *Lucie, tu es là ?* Il remonta vers la conscience.

La nuit était tombée. Théo rejeta le plaid qui lui couvrait les jambes. La douleur irradiait du genou jusqu'à l'aine. Mais il se redressa et, de son pas défaillant, il s'éloigna du Pavillon Bleu. D'après ce qu'il avait entendu dire, le Pavillon Jaune, tout à côté, était celui des mourants. Berthoud, s'il n'était pas sorti du coma, pouvait se trouver là.

Dans l'entrée éclairée par un néon fatigué, il y avait quelques blouses accrochées à un portemanteau. Théo y suspendit sa parka et, comme il risquait de croiser une surveillante de nuit dans un couloir, il enfila une des blouses. Il pourrait se faire passer pour un nouvel infirmier ou un interne de passage.

Certaines portes étaient entrebâillées. Il s'en échappait des soupirs et des plaintes.

– Jeanne-Marie ? fit une voix. C'est toi ?

Une vieille malade venait de s'éveiller en sursaut. Il ne fallait pas qu'elle donne l'alerte à tout le service. Théo entra dans sa chambre.

– Jeanne-Ma... oh !

Mme Gobillard venait de voir Théo penché au-dessus d'elle.

Il lui sourit.

– C'est moi qui suis de garde, ce soir. Ça va ?

– J'ai un poids sur le cœur. J'étouffe.

Elle semblait si fragile, si près de la mort. Mais elle voulait se redresser et Théo l'aida comme il put. Puis la douleur le força à s'asseoir un instant au bord du lit. La vieille femme haletait.

– Qui est Jeanne-Marie ? demanda Théo.

– Ma fille. Elle est partie... oui, partie. Y a longtemps.

– Elle vous attend.

Mme Gobillard regarda l'étrange infirmier que la nuit venait de faire surgir.

– Vous êtes beau comme un ange.

– J'en suis un.

La vieille dame respirait mieux.

– Recouchez-moi, murmura-t-elle.

Quand il la quitta, elle souriait, délivrée.

Le Pavillon Rouge était celui des urgences. Là se faisaient les opérations et les réanimations. Le jeune Berthoud y avait été orienté la nuit de la rave. Peut-être s'y trouvait-il toujours ?

– Ah, vous voilà quand même !

Une infirmière un peu excédée attendait devant le pavillon. Théo la suivit sans dire un mot. Ils entrèrent dans la salle de réanimation. Berthoud, immense et pâle, somnolait sur un des lits.

– Le docteur Delmotte a dit de le mettre au premier, expliqua l'infirmière. Chambre 103. Prenez la tête, je prends les pieds. Un, deux...

Ils soulevèrent le grand corps et le firent basculer sur un lit roulant. Berthoud grogna puis, sentant sur lui le poids d'une couverture, il se rendormit.

– Il est conscient ? s'informa Théo.

– Évidemment. Si on le met au premier !

L'infirmière dévisagea Théo avec un certain étonnement. D'où sortait-il, celui-là ?

– Je fais un remplacement, se justifia Théo.

Puis il s'éloigna en poussant le chariot. Au premier étage, il réquisitionna une aide-soignante pour installer Berthoud dans son nouveau lit.

– Je vais rester un peu. M'assurer que tout va bien.

La porte de la 103 se referma.

– Berthoud, ohé ?

Théo voulait être certain que l'adolescent était sorti du coma et ne risquait plus de terminer en pièces détachées. Berthoud finit par soulever une paupière. Il resta un long moment prostré, mais ses yeux allaient s'écarquillant.

– C'est pas moi, m'sieur, souffla-t-il enfin. C'est Iosef. La poudre de guerre.

Il délirait. Qu'appelait-il « poudre de guerre » ? La drogue qu'il avait ingurgitée ? Il s'agitait sur son lit.

– Elle est tombée du ciel. Elle est pas morte.

– Quoi ? Qu'est-ce que tu dis ?

Théo avait attrapé le garçon par les épaules.

– C'est pas moi. C'est pas de ma faute.

Il pleurnichait. Théo se sentit une envie sauvage de le frapper. Mais au même moment, il entendit du bruit, des pas, des voix. Le véritable infirmier venait d'arriver et Théo allait être démasqué. Il ouvrit la porte et se précipita vers l'escalier de service. Il sauta les marches à cloche-pied en s'appuyant à la rambarde et disparut dans la nuit. Allait-on donner l'alerte ? Et dans ce cas, où se réfugier ?

– Le Pavillon Bleu, marmonna Théo en apercevant le rideau de bambous.

C'était un endroit désaffecté. Il pourrait y attendre le petit jour.

– Merde, fermé.

La porte d'entrée était verrouillée. Théo eut un brusque moment de désarroi. Il avait froid, sa parka étant restée dans le Pavillon Jaune. Il avait mal. Il n'en pouvait plus de fatigue. Il se souvint alors que le Pavillon Rose était celui des jeunes mères et de leur bébé. Il allait jouer au futur papa, hagard, mal rasé, et somnoler dans un couloir. Il arracha la blouse, la jeta dans un fourré et traversa l'allée principale en direction de la maternité.

Il venait tout juste de repérer un fauteuil près d'un radiateur quand une sage-femme l'interpella :

– C'est vous, la césarienne ?

– Heu, oui.

– Ça s'est bien passé. La maman dort. C'est une superbe petite fille. Trois kilos deux cents. Le docteur voudrait savoir le prénom pour le certificat de naissance.

– Le… C'est Jeanne-Marie.

– Je vais tout de suite le noter. Jeanne-Marie. Très joli.

La mort. La vie. Et Théo en équilibre. Il alla s'effondrer dans le fauteuil. *Théo, Théo, tu es là ?*

– Hein ? Où ?

En quelques secondes, il avait plongé dans le sommeil et en était remonté. Quelqu'un l'avait appelé. Comme un automate, il se redressa, sortit de la maternité et se dirigea vers le Pavillon Bleu. Cet endroit l'attirait. Pourquoi était-il abandonné ? Pourquoi était-il fermé à clef ?

Soudain, la haie de bambous laissa filtrer une lumière. Quelqu'un venait d'entrer.

13
EST-CE QUELQU'UN ?

La lumière provenait de la seule ouverture dans le mur, une fenêtre, presque une meurtrière, obturée par un épais verre dépoli. Théo colla son visage à la vitre. Mais elle était impénétrable. Évitant l'allée gravillonnée qui pouvait trahir sa présence, Théo s'approcha de la porte d'entrée. Il posa la main sur la clenche, l'abaissa lentement. Cette fois-ci, la voie était libre. Celui qui avait allumé la lumière n'avait pas refermé à clef. Se tenait-il de l'autre côté ? Pour se rassurer avant de franchir le seuil du pavillon, Théo palpa la poche de son pantalon. Le petit téléphone était là. Théo entra.

La pièce était plongée dans la pénombre. Elle était froide, nue et carrelée. Théo chercha le mur et y appuya la main. Sous ses doigts, la peinture s'écailla. Tout ici n'était que décrépitude et abandon. Mais là-bas, une lumière brillait. Alors, Théo avança vers le couloir, toujours en longeant le mur. Au bout du couloir, il y avait une cloison de verre.

Soudain, dans un silence de mort, une voix s'éleva.

– Jean ne me croit plus.

C'était une voix d'enfant.

– Il dit que j'ai menti. Sur toi, sur ma mère.

La voix montait vers le ciel, claire comme ces voix d'enfants qui s'élancent sous les voûtes des cathédrales. Théo s'était immobilisé, les yeux clos. Il écoutait.

– Je sais que tu es là. Je t'entends quand tu me parles. Mais les autres n'entendent rien.

C'était Iosef. Théo en était certain. Mais à qui parlait-il ?

– Il faut que je prouve la vérité, tu comprends ? Il faut que je donne une preuve.

La voix se fit suppliante.

– Autrement, tu sais ce qui va arriver ? Jean te supprimera. Dis-moi quelque chose. Réponds-moi.

Mais l'autre se taisait toujours. Théo glissa le long du mur. Un pas, encore un pas vers la lumière. Le couloir était devenu tiède. La pièce où se trouvait Iosef était chauffée, surchauffée même. Derrière la vitre, Théo aperçut des appareils de surveillance comme dans une salle de réanimation et une perche métallique à laquelle pendaient des poches de plastique transparent, à demi pleines de produits.

– Il faut que tu dises quelque chose que personne ne peut savoir que toi. Alors, Jean sera bien obligé de me croire. Hein, quelque chose que tu vois ? Que les autres ne peuvent pas voir… Donne-moi un signe.

L'enfant insistait douloureusement.

Théo n'avait plus que quelques pas à faire pour le rejoindre. Mais il était cloué au mur. La peur l'avait repris. Dans quelques instants, s'il le voulait, il verrait la vérité en face.

– Tu ne m'entends pas, ce soir ? Tu ne veux pas me parler ?

La voix de l'enfant s'affaiblissait. Il renonçait. De nouveau, ce fut le silence. *Que fait Iosef? Que fait l'autre?* Titubant, Théo marcha vers le box vitré. La porte en était grande ouverte comme si on l'attendait. Il la franchit, il hurla :

– Lucie !

Elle était là, elle était là. Allongée sur un lit d'hôpital, reliée aux machines par quelques tuyaux. Seul un drap la recouvrait. Théo l'arracha. Lucie, là, toute blanche dans une longue chemise de coton.

– Lucie, Lucie !

Il l'étreignit. Chaude, souple, douce. Il la secoua.

– C'est moi, c'est moi, Théo !

– Arrêtez ! cria Iosef. Elle est morte.

Un frisson glacé parcourut Théo. Il relâcha son étreinte et fit face à Iosef.

– Qu'est-ce que tu dis ?

Ses yeux étaient comme fous. Iosef bégaya :

– Elle... elle...

Théo posa de nouveau le regard sur Lucie. Elle avait les yeux fermés, son souffle semblait régulier, son visage était lisse et reposé. On aurait cru qu'elle dormait.

– Mais non, balbutia le jeune homme, luttant contre l'horrible vérité. Lucie, c'est moi... Je suis là.

– Elle ne vous entend pas, ça ne sert à rien, marmonna Iosef.

Théo marcha sur lui, menaçant. Iosef recula, effrayé.

– C'est pas moi. C'est pas ma faute. Elle est tombée en parapente. Elle s'est noyée.

Théo se tourna vers Lucie. Noyée? Il porta les mains à sa tête.

– Mais ça n'a pas de sens, gémit-il.

Pourtant, la vérité se faisait jour en lui. Lucie était dans le coma, maintenue en survie artificielle et cachée aux yeux de tous dans le Pavillon Bleu.

– Pourquoi? hurla Théo.

Il trouva la réponse au même instant: le trafic d'organes. Il se jeta sur le corps de Lucie. Il défit les quatre nœuds qui attachaient les deux pans de la chemise et l'ouvrit.

Le corps ainsi dévoilé était d'une blancheur surnaturelle. C'était celui d'une gisante de marbre. Théo tremblait d'amour et d'effroi.

Dominant son trouble affreux, il posa une main sur l'épaule de Lucie, glissa l'autre sous ses reins et la fit basculer sur le côté. Il s'attendait à voir les deux mortelles cicatrices. Mais le dos de Lucie était intact.

– Alors quoi? cria-t-il à Iosef. Qu'est-ce qu'on lui a pris? Ses yeux?

L'enfant ne parut pas comprendre la question.

– Elle est juste morte, bredouilla-t-il.

Quelques sanglots secouèrent les épaules de Théo sans qu'il y prît garde. Lucie était là. Et elle n'était pas là. C'était un corps sans âme, des yeux sans regard, une bouche qui ne dirait plus jamais: «Je t'aime.»

– Depuis dix mois, elle est là, murmura-t-il. C'est Delmotte, c'est lui? Pourquoi?

Il n'avait plus la force de crier. Il lui semblait qu'une meule passait et repassait sur son cœur, broyant tout ce qu'il avait aimé.

Doucement, il recouvrit Lucie de la chemise, puis du drap. Soudain, une pensée le traversa. Il regarda Iosef.

– À qui parlais-tu ?

– Quoi ?

– Tout à l'heure, je t'ai entendu. À qui parlais-tu ?

– Mais à…

Iosef étendit le bras vers Lucie.

– Tu lui parles ? insista Théo.

– Oui.

– À quoi ça sert, puisqu'elle n'entend pas ?

Iosef regarda quelque chose derrière Théo. La porte. Le couloir. Théo comprit et se plaça juste devant la sortie. Cette fois, l'enfant ne lui échapperait pas.

– Vous n'allez pas me croire, dit Iosef.

Mais il n'avait plus le choix, plus d'autre choix que de tout raconter.

– La première fois, c'était avec ma mère. On venait de la tuer et moi, je l'ai vue. Elle était dans la lumière. Elle y est restée pendant des heures. Jean a essayé de la sauver. Mais moi, je savais qu'elle ne voulait plus revenir. De l'autre côté, il y avait son mari, ses parents, tous ceux qui étaient morts à la guerre. Elle était mieux là-bas qu'ici.

– De quoi tu me parles ? le brusqua Théo.

– De la vie quand on est mort.

La phrase tomba comme ça. Tous deux restèrent un moment, la tête baissée, incapables de poursuivre. Théo se ressaisit.

– Ça ne veut rien dire. Quelle vie ?

– Quand on meurt, il y a un corps qui reste là et l'autre corps qui se détache et s'en va vers...

– Ce n'est pas la peine, l'interrompit Théo, je ne crois pas à ces choses-là.

– Mais c'est la vérité ! s'écria Iosef, hors de lui. Je le sais. Je vois où elle est.

Il montra Lucie du doigt.

– Elle est dans la lumière. Elle parle. Je l'entends. Il n'y a que moi qui l'entends.

Théo se rua sur lui et le secoua.

– Tu mens, tu mens, tu mens.

Iosef vit dans les yeux de Théo cette lueur qu'il connaissait. L'envie de tuer. Une fois encore, il allait devoir sauver sa peau. Et mentir.

– C'est pas tout le temps que je la vois..., balbutia-t-il. Mais ce soir, elle veut parler, je vais...

– Tais-toi !

Iosef raidit tous ses muscles, crispa ses mâchoires et simula la transe.

– La lumière. Elle est là. Lucie ! Je la vois.

Les yeux exorbités, l'enfant imitait à merveille la catalepsie.

– Tu la vois, gémit Théo.

Il pensa : *Il joue la comédie*. Mais il vacillait. Il y a plus fort que la vérité. Il y a le désir de croire qu'une chose est vraie. Iosef sentit qu'il tenait Théo tout comme l'autre nuit, il avait tenu Delmotte en son pouvoir.

Mais alors qu'il cherchait quelques phrases creuses pour berner Théo, Iosef vit s'ouvrir devant lui le gouffre de lumière. La convulsion qui le saisit faillit le jeter au sol. Théo le retint.

Iosef écarquilla les yeux sur l'autre monde et il se vit lui-même au bord de la Bléone. *Il ôte l'alliance au doigt de Lucie. Il la regarde briller au creux de sa paume. Il jette l'anneau dans la rivière.*

– L'alliance, souffla-t-il.

Théo tressaillit.

– Le poisson...

Iosef vit s'enchaîner des images. *Un poisson gobe l'anneau. Il y a un pêcheur au bord de l'eau. Le poisson est pêché.* Lucie lui parlait sans mots, imprimant directement les images sur son cerveau.

– C'est le signe, murmura Iosef.

Lucie lui donnait le signe qu'il avait demandé, le signe qu'il disait la vérité. Lentement, il prononça ces mots :

– L'alliance... de Lucie... est au doigt de Théo.

La lumière alors s'obscurcit et tout le corps de Iosef se relâcha. Théo l'aida à s'asseoir sur l'unique chaise. L'enfant médium paraissait épuisé. Le jeune homme posa la main sur son épaule.

– Je te crois, Iosef.

Un élan de gratitude souleva l'enfant.

– Vous me croyez, vous ?

Le regard de Théo revint vers sa jeune femme.

– C'est elle qui m'a conduit ici.

Depuis des mois, quelque chose de Lucie escortait ses pas. D'abord impalpable comme le souvenir, comme un chagrin qui ne veut pas prendre fin, puis obsédant, puis se matérialisant. Les traces de pas dans la neige, c'était elle, le livre près du téléphone, c'était elle, l'alliance dans le ventre du poisson, c'était elle.

– Quand tu parles d'une lumière, Iosef, est-ce qu'il s'agit du tunnel des expérienceurs ?

– Oui. Lucie est au bout du tunnel.

– Et après ? Qu'est-ce qu'il y a après le tunnel ?

L'enfant réprima un sourire. Théo parlait comme Jean.

– Après, je ne sais pas. Lucie ne peut pas passer.

La mort ne l'avait donc pas absorbée tout entière ?

– Au début, elle voulait aller plus loin, reprit Iosef. Quand les morts passaient devant elle, elle essayait de les suivre.

Théo eut un dernier sursaut rationaliste.

– Qu'est-ce que tu racontes ? Quels morts ?

– Les morts de la clinique. Ils passent par le tunnel. Moi, je les sens quand ils s'approchent de Lucie. Près d'elle, il y a... C'est comme...

Iosef cherchait ses mots en ouvrant et fermant les mains.

– C'est comme quelque chose qui palpite. Ça s'ouvre, ça se ferme. Très vite. Les morts sont aspirés quand ils s'approchent. Ça fait penser à une porte à tambour.

Théo haussa une épaule.

Mais chaque mot prononcé par Iosef s'ancrait en lui.

Il n'y croyait pas. Pas tout à fait. Pas encore.

Soudain, il poussa un cri. Lucie venait d'ouvrir les yeux.

– Elle ! Elle ! Elle est en vie !

Il se pencha au-dessus de son visage.

– Lucie, Lucie !

C'étaient bien ses yeux noirs, mais sans leur flamme rousse.

– Elle ne vous voit pas, dit Iosef. C'est un mouvement réflexe. Jean m'a expliqué.

Théo passa la main devant le regard vide de Lucie, claqua des doigts. Rien.

– Ça lui arrive de bâiller aussi, insista Iosef. Mais ça n'est pas volontaire.

Théo fit un signe d'assentiment. Il avait lu des articles sur le coma dans *Toute la science*. Il savait que Iosef disait vrai. Le cerveau de Lucie était détruit. Il n'y avait plus trace en elle d'humanité, plus rien que des automatismes. Théo rejeta la tête en arrière et de son cœur broyé s'échappa un long soupir désespéré.

– Vous l'aimez ? murmura timidement Iosef.

– Plus que ma vie.

Son regard revint se poser sur Lucie. Il était fasciné.

– Pourquoi... pourquoi ne passe-t-elle pas ?

Il se tourna vers Iosef.

– Tu dis qu'au début elle voulait suivre les morts. Ce n'est plus le cas maintenant ?

– Je crois que depuis quelques jours, elle veut revenir vers la vie. Mais elle ne peut pas.

Théo s'abstint de demander pourquoi. Il connaissait déjà l'implacable réponse : parce qu'elle était morte. Cependant, dans les ténèbres où il se débattait, une petite lumière s'était mise à briller.

– Iosef, tu dis que les morts de la clinique passent devant Lucie. Si moi, je mourais...

L'enfant lui jeta un regard affolé. Il comprenait quel espoir insensé venait de naître dans ce cœur désespéré.

*
* *

Comment ai-je pu y croire ? se demanda Delmotte. Son regard se détacha de la photo de Mutine pour chercher au loin le mur aveugle du Pavillon Bleu. À vingt-trois heures passées, il s'apprêtait à quitter son bureau pour aller se coucher. Il était exténué. Mais ses journées de travail à la clinique n'étaient rien en comparaison de ses nuits de torture mentale.

Pourquoi ai-je cru Iosef ? Parce qu'il m'a décrit la NDE de sa mère avec les mêmes mots que mes expérienceurs ? Mais il avait déjà pu entendre parler de ce genre de choses... Iosef l'avait mené en bateau. Jean l'avait pris pour un médium capable d'accompagner par la pensée sa mère agonisante.

Avec Lucie, Iosef avait de nouveau fait de lui sa dupe. Il avait même prétendu que Lucie était « bloquée dans le tunnel » et depuis des mois, Jean la maintenait en survie artificielle, attendant qu'elle franchisse le seuil de l'au-delà. Alors, il saurait enfin par l'entremise de Iosef ce qui se passe après. Après la lumière, après la mort de la mort.

– Bloquée dans le tunnel ! s'exclama Delmotte.

Les NDE ne durent au mieux que quelques minutes. À en croire Iosef, celle de Lucie se poursuivait depuis des mois ! *Iosef n'est qu'un mythomane*, conclut Delmotte, exaspéré par sa crédulité.

Il commença à se déshabiller et pesta en entendant sonner le téléphone.

– Non, non, bougonna-t-il.

Il n'était pas en état d'opérer et Ellisalde n'était pas de garde ce soir-là.

– Quoi ?

– Heu… docteur Delmotte ? fit une voix timide.

Ce n'était pas Mathilde.

– Oui, se radoucit Jean, qu'y a-t-il ?

– Je voulais vous prévenir qu'il y a un rôdeur dans le parc.

Jean faillit raccrocher au nez de l'infirmière.

– Il faudrait alerter les gendarmes, ajouta-t-elle.

– Vous êtes folle !

Les gendarmes ! En un instant, Delmotte avait pensé : le Pavillon Bleu, Lucie, le scandale.

– Mais docteur, protesta la jeune femme, il est entré dans le Pavillon Rouge et il s'est fait passer pour un aide-soignant.

– Vous êtes sûre que ça n'en est pas un ? ironisa Delmotte.

– Je me suis renseignée. Personne ne le connaît. Un grand blond. Qui boite. Allô, docteur ?

Jean était tétanisé. Le boiteux. Le boiteux à la clinique.

– Allô, vous êtes là ?

– Oui, oui, se reprit Delmotte. Écoutez, ne faites rien. Ne prévenez personne. Il ne faut pas perturber nos malades. Je vais régler l'affaire moi-même. Vous m'entendez, mademoiselle : moi-même.

– Oui, docteur.

Il raccrocha et resta un instant à projeter devant lui des images de guerre, de souffrance et de haine, ce tourbillon d'images atroces qui l'avaient traumatisé. Il allait se battre puisqu'on l'attaquait.

Posément, il reboutonna sa chemise, enfila sa veste. Une fois dehors, il prit le pas de course vers la casemate. Il savait ce qu'il allait chercher.

La grosse malle où il enfermait ses souvenirs de guerre avait un double fond. Il l'ôta et prit son pistolet Makarov.

Tout d'abord, il descendit l'allée centrale en direction des urgences. Mais, en passant devant le Pavillon Bleu, il ralentit le pas, jeta un regard oblique, fronça les sourcils. Il devait avoir mal vu, c'était un reflet sur la vitre. Il avança vers le rideau de bambous et dut se rendre à l'évidence. Le pavillon était éclairé. Il y avait quelqu'un.

*
* *

– Quelqu'un, chuchota Iosef.

Il avait perçu le bruit de pas sur le gravier.

– Qu'est-ce qu'il y a ? s'inquiéta Théo qui n'avait rien entendu.

Iosef porta un doigt à ses lèvres. Au même instant, une sonnerie déchira le silence.

– Merde, mon portable, bredouilla Théo.

Il s'en saisit, appuya sur la touche pour répondre.

– Théo, c'est Antoinette. J'ai peur pour vous… Allô ?

Théo coupa la communication et éteignit le portable. Puis il prêta l'oreille. Quelqu'un était entré dans le pavillon. Son pas hésitait dans l'ombre, puis il se raffermit dans le couloir. *Qu'il vienne, oui, qu'il vienne !* Théo voulait ce face-à-face.

Dans l'encadrement de la porte, Delmotte apparut. Le pistolet-mitrailleur tremblait au bout de son bras.

14
FACE-À-FACE

– Non, Jean, pas toi ! s'écria Iosef.

Jean ne ressemblait pas aux guerriers de son enfance, Jean ne pouvait pas faire ça.

– Pas comme ça, ajouta Théo. Je suis sûr que vous n'avez jamais abattu quelqu'un de sang-froid. Posez cette arme, docteur Delmotte.

– Je la poserai quand la police sera venue vous arrêter.

– Vous bluffez... Vous n'avez pas averti la police.

– Iosef, va dans ta chambre, ordonna Delmotte. J'ignore comment cet homme a pu t'attirer ici...

– Il s'y trouvait quand je suis entré, le coupa Théo. Il aime tenir compagnie à ma femme.

Delmotte s'était relâché. Son bras pendait le long de son corps comme s'il avait oublié la présence du lourd pistolet-mitrailleur soviétique.

– Il lui parle, poursuivit Théo. Vous saviez, docteur, que Iosef parle avec Lucie ?

Le médecin haussa une épaule.

– Elle est bloquée dans sa NDE, elle veut revenir vers la vie, murmura Théo. Iosef me l'a dit. Il me l'a dit et je le crois.

Delmotte ricana.

– Moi aussi, je l'ai cru. Oui, j'ai avalé tout ce que cet enfant m'a raconté ! Comme vous, je me suis imaginé qu'il possédait un don extraordinaire. Eh bien, oui, il a un don.

Delmotte se tourna alors vers Iosef pour lui dire ce qui était à présent sa vérité.

– Tu as un don et je ne sais pas de qui tu le tiens. Un don pour la supercherie et la mystification !

– Pas elle ! Je te jure ! J'ai dit la vérité pour elle ! cria Iosef.

Théo fit un pas vers Delmotte.

– Iosef dit la vérité. Lucie lui parle. C'est elle qui m'a guidé jusqu'ici. Conduisez-moi à elle, docteur Delmotte, je sais que vous le pouvez.

Jean fronça les sourcils.

– Que... que dites-vous ? Que voulez-vous ? balbutia-t-il.

– Mourir. Aller là où elle est. Dans le tunnel.

– Alors, vous aussi ! s'emporta Delmotte. Cet enfant est diabolique ! Vous voilà à votre tour collé à la lumière, comme un pauvre papillon.

– Je l'aime. Elle m'attend.

Jean poussa un soupir de compassion. Il était toujours le « docteur Miracle » qui veut la fin de toute souffrance.

– Votre femme est plongée dans un coma irréversible, monsieur Desmarets. J'en suis navré pour vous mais vous devez l'accepter. Car même en supposant..

– Oui ?

– Si le miracle que vous espérez se produisait, le remède serait pire que la mort. Ne m'obligez pas à vous décrire ce que serait la vie de votre jeune femme si jamais elle émergeait de son coma. Nul ne peut réparer un cerveau à demi détruit.

– Son intelligence, son amour, tout est intact... là-bas.

Delmotte jeta à terre le PM Makarov d'un geste rageur.

– Je ne suis pas le premier, vous n'êtes pas le dernier ! Voilà des millénaires que les hommes guettent cette petite lumière au bout du tunnel. L'au-delà, le paradis, la vie après la vie, l'éternité... Mais ce n'est qu'un rêve, un mirage. Un... un phénomène électrique !

– Vous avez consacré votre vie à cette recherche, vous avez écrit un livre, le supplia Théo.

– Oui, un livre parmi deux mille autres consacrés à ce sujet. Il est si facile de s'aveugler. Et la vérité est si triste. Vous voulez que je vous la dise ?

– Pas si elle est triste.

Delmotte fit quelques pas jusqu'au lit de Lucie.

– Elle est belle, n'est-ce pas ? Souvent, en la regardant, j'ai pensé à la princesse endormie des contes de fées.

Il y avait du rêve et de la tendresse dans sa voix.

– Eh bien, dites-moi la vérité, céda Théo. Même si elle est triste...

– Elle n'est que chimique. Que se passe-t-il quand la mort approche ? L'organisme libère des substances comparables à la morphine...

– Oui, je sais, l'interrompit Théo. Les endorphines. C'est une réaction au stress.

– Et un puissant calmant naturel. C'est ce qui explique ce que décrivent les expérienceurs. Cette sensation de grande paix intérieure. Ensuite, en raison de la mauvaise oxygénation, le cerveau réagit. Il s'affole, engendre un trop-plein d'activité... Excusez-moi, le moment ne se prête pas à ce genre d'exposé.

Théo se contenta d'un signe de tête laconique.

– Cela précipite dans le sang une dose de glutamate qui surexcite certains récepteurs, poursuivit Delmotte. L'une des conséquences est la stimulation de certaines cellules des centres de la vision. Voilà pourquoi les expérienceurs voient se former une tache blanche qui s'étend peu à peu et donne l'impression d'un tunnel.

– Qu'essayez-vous de me dire ? Que vous avez travaillé pendant toutes ces années sur une illusion, en sachant qu'il s'agissait d'une illusion ?

– J'ignorais tout cela quand j'ai recueilli ces témoignages en Afghanistan. À Djalalabad, j'administrais aux mourants un produit aux propriétés étranges, l'ibogaïne. Je ne savais pas ce que c'était. Je n'avais jamais entendu parler de l'iboga. C'est une plante africaine dont on fait usage au cours de rites initiatiques. Moi, j'ai cru trouver une clef secrète, j'ai cru qu'à travers mes patients je communiquais directement avec la mort.

– Et qu'est-ce qui vous a fait changer d'avis ?

– La kétamine. De retour en France, j'ai découvert qu'on pouvait provoquer des symptômes identiques à ceux de l'EMI grâce à une substance bien connue des anesthésistes, la kétamine. J'ai alors commencé à douter de mes certitudes. Puis j'ai fini par admettre qu'une drogue n'est qu'une drogue, qu'on l'appelle kétamine ou ibogaïne, que l'agonie n'est pas la mort, et que je pourrais multiplier les observations sans jamais franchir le dernier pas. À ce moment-là, j'aurais dû renoncer tout à fait.

– Mais vous n'avez pas renoncé ? suggéra Théo à mi-voix.

– Tous les expérienceurs, tous sans exception, disent que ce voyage vers l'au-delà les a transformés à jamais. Il m'est arrivé la même chose. J'ai tant fait de traversées à leur côté… je ne suis plus le même. Mais eux affirment avoir trouvé la paix et la sérénité. Moi, à force de me heurter à cette porte close, je n'ai fait qu'exaspérer mon angoisse. Tous disent n'avoir plus peur de la mort, monsieur Desmarets. Moi, je la crains plus que jamais. Et, plus que jamais, j'ai besoin de savoir.

Iosef poussa un gémissement.

– Oui, Iosef ! s'exclama Delmotte. Tu es arrivé dans ma vie. Et tu as prétendu que tu vivais l'expérience des expérienceurs. Cette fois, ce n'était plus de la chimie, ce n'étaient plus les facéties de je ne sais quelle molécule. Au bout de ce tunnel qui mène à l'autre monde, j'avais un guetteur, une sentinelle ! Et j'attendais. Un jour, sûrement…

Delmotte eut un rire sinistre.

– L'œil était dans la tombe… Mais il ne voyait rien, il n'a jamais rien vu !

Il pointa un index accusateur vers l'enfant qui recula, comme poussé par les ombres vers la couche où gisait Lucie. Théo se colla à lui.

– Je vous ai écouté, dit-il. Maintenant, c'est vous qui allez m'écouter. Je suis ce qu'on appelle un rationaliste, docteur Delmotte. Un mécréant. Un journaliste scientifique qui s'est moqué dans cent articles des charlatans, des marchands de rêves, des astrologues, des tarologues et de tous les logues de la Terre.

Il prit la main de sa femme.

– Pendant des mois, je suis allé fleurir la tombe où elle ne repose pas.

– Je vous demande pardon, murmura le médecin.

– Je vous pardonne, répondit Théo. C'est vous qui l'avez sauvée, c'est vous qui me l'avez gardée. Pendant des mois, je n'ai pas admis sa mort. On m'a parlé d'un deuil impossible à faire parce que sa tombe était vide. En fait, je n'admettais pas sa mort parce qu'elle n'était pas morte. Et elle est venue me chercher.

– Vous entendez ce que vous dites?

– Je dis que Lucie a marché devant moi au cimetière. J'ai vu ses traces de pas dans la neige. Je dis qu'elle a pris le livre, votre livre, à la bibliothèque de Digne pour le déposer chez moi. Elle a semé mon chemin de petits cailloux pour me conduire jusqu'à vous, jusqu'ici. Jusqu'à elle.

– Vous avez rêvé. Tant de gens croient recevoir des messages de l'au-delà…

Lucie est vivante, son cœur bat, il bat pour moi. Elle m'a empêché de faire des bêtises…

Théo sourit en baissant les yeux.

– Elle est jalouse… Et quand mon genou a cédé, elle m'a fait marcher droit! Et l'alliance, demandez donc à Iosef, l'alliance!

– Il ne me croira pas, bougonna Iosef.

– Apparemment, répliqua Delmotte, c'est le jour où chacun doit croire ce qu'il n'a jamais cru...

– Après l'accident, j'avais jeté l'alliance de Lucie dans la Bléone, raconta Iosef. Et Lucie vient de me dire que cette alliance est maintenant au doigt de Théo.

Delmotte interrogea le jeune homme du regard. Théo se contenta de lui montrer les deux anneaux.

– C'est absurde, objecta Delmotte, puisque Iosef a jeté l'alliance.

Théo se mit à rire.

– Là, vous n'allez pas me croire. Mais je l'ai retrouvée...

– Dans un poisson! exulta Iosef.

– Un poisson qu'on m'a servi au restaurant.

Delmotte les dévisagea à tour de rôle.

– Vous vous moquez de moi, tous les deux?

– Un miracle, dit Théo. Voilà une chose à laquelle nous ne croyons, ni vous ni moi.

Jean secoua la tête.

– On est encore dans un conte des fées! Il ne vous reste plus qu'à prononcer les trois vœux, monsieur Desmarets.

– Le premier serait que vous fassiez de moi un expérienceur. Le second serait de retrouver Lucie au bout du tunnel. Le troisième, de la ramener parmi les vivants.

– Orphée, murmura Delmotte, fasciné.

– Orfeo, reprit Théo en écho. Mais moi, je reviendrai des enfers avec ma femme. Ou je ne reviendrai pas.

Puis il ajouta tranquillement:

– Il vous reste de l'ibogaïne, n'est-ce pas?

15
LES INSOMNIES DU GENDARME OLIVIER

Christopne Olivier somnolait dans un fauteuil, les pieds posés sur un pouf de velours rouge. Entre ses paupières mi-closes, il devinait les taches de couleur qui s'agitaient sur son téléviseur. 22 h 30. L'heure de faire le point sur la 24e journée du championnat de France de foot. Le son était coupé. Les rumeurs qu'il entendait provenaient d'un appartement voisin. Même programme.

Il distingua un 3 et un 1, en incrustation sur une pelouse verte. Referma les yeux. Sursauta, sans savoir pourquoi. La fatigue.

Mais son pouce avait pressé instinctivement une touche. La voix du commentateur enfla.

– C'est à une véritable agression que s'est livré le défenseur strasbourgeois...

Le gendarme Olivier éteignit la télé. Il se baissa pour attraper sur le sol un mazagran empli de café froid. Les derniers mots sortis du poste résonnaient encore à ses oreilles. « On craint une rupture des ligaments croisés du genou. » Olivier imagina le malheureux footballeur marchant avec une canne.

« Un accident de moto », lui avait dit Théophile. Il boitait bas mais maniait sa canne comme un dandy.

Cette affaire avait poursuivi Olivier tout au long de la journée. Pour lui, le plus beau mot de la langue française était «élucidé». Or le cas Desmarets n'avait pas été élucidé.

À présent, Olivier était parfaitement réveillé et prêt à se repasser le film de sa journée.

*
*   *

Au Petit-Paris, il avait attendu un quart d'heure à la réception puis il avait demandé au patron de rappeler Théophile. L'appel était resté sans réponse.

– Ce n'est pas normal, il faut aller voir, avait alors décidé Olivier.

Le patron de l'hôtel n'aimait visiblement pas ce genre d'histoire. Il prit un passe en bougonnant puis il monta avec le gendarme. Tous deux tambourinèrent à la porte en vain.

– Ouvrez, ordonna Olivier.

La clef était dans la serrure. Le patron dut d'abord la faire tomber pour utiliser son passe.

– Personne!

La fenêtre était ouverte. Le gendarme s'en approcha, se pencha.

– Il serait passé...

L'hôtelier haussa les épaules.

– Eh ouais! Par la fenêtre. Il a sauté sur le petit toit en zinc. Comme un voleur. Mais un voleur honnête.

– Comment ça? s'étonna Olivier.

L'hôtelier lui mit le chèque sous le nez.

– J'ai vingt ans d'hôtellerie. J'ai jamais vu ça.

Olivier ne parvenait pas non plus à croire ce qu'il voyait. Pourquoi ce garçon avait-il fait des acrobaties avec son genou bricolé ? Qu'avait-il donc à cacher ?

– D'abord la Québécoise, maintenant lui…

Le patron eut un rire plein de sous-entendus.

– Faut croire que le Petit-Paris, c'est pas assez discret pour eux.

Le gendarme souleva quelques vêtements, de plus en plus soucieux, puis il demanda :

– À propos de la Québécoise… vous aviez noté la marque de sa voiture ?

– Une Ford blanche. J'ai même vu le bandeau. Hertz… vous savez ?

C'était une voiture de location.

Olivier était retourné à ses tâches de gendarme, sans cesser de songer à l'étrange couple que formaient Théophile et Antoinette.

Puis, en fin d'après-midi, il avait fait un saut jusqu'à Gap.

La chance lui sourit. La jeune employée de l'agence Hertz se souvenait parfaitement de « la dame avec un drôle d'accent ».

– Elle est venue lundi, dit-elle en tournant les pages de son registre. Voilà. Ford Focus Ambiante blanche, cinq portes, climatisation…

– Lundi ? coupa Olivier. J'aurais supposé…

– Elle a loué son char à Nice, précisa la jeune femme en imitant l'accent d'Antoinette. La location est limitée à treize jours. Mme Nicholson voulait garder la voiture encore quatre ou cinq jours. J'ai arrangé ça.

Olivier nota le numéro d'immatriculation en hochant la tête.

*
* *

Le gendarme était du genre à se coucher avec les poules et à se lever avec le coq. Mais, ce soir, quelque chose en lui résistait au sommeil. Il s'était trop souvent plaint de sa morne vie de gendarme de chef-lieu pour se mettre au lit quand une affaire aussi singulière lui trottait dans la tête.

Ses chaussures traînaient au milieu du salon. Il les enfila, soudain convaincu que la nuit lui serait propice. Si la Québécoise avait gardé la voiture de location, peut-être était-elle encore dans la région ?

Olivier connaissait comme sa poche Digne et ses environs. Il s'apprêtait à faire le tour des hôtels et des auberges. Mais pas question de sonner à toutes les réceptions. Pour ce soir, il allait se contenter des parkings. Il connaissait la voiture de Théophile et possédait à présent le signalement précis du véhicule loué par Antoinette. À cette heure tardive, l'une et l'autre devaient stationner quelque part. Ensemble ?

Tout en roulant, le gendarme Olivier continuait de réfléchir. Il ne parvenait pas à croire à une idylle entre Théophile et cette femme qui, d'après les témoignages, ne semblait plus toute jeune. Le malheureux Desmarets avait tout du veuf inconsolable. Olivier ne l'imaginait pas se jetant dans les bras de la première venue.

– Oui, mais qu'est-ce que cette histoire de trafic

d'organes vient faire là-dedans? murmura-t-il en inspectant le parking du Relais des Thermes.

D'après le rapport du médecin légiste, aucun organe n'avait été prélevé sur le corps de Laurent Besson. Dacheux avait donc raconté n'importe quoi pour se justifier. Mais il avait pu être manipulé par cette dame Nicholson. Et Desmarets dans tout ça? Olivier fit la moue. Le jeune homme lui restait sympathique.

Quelques minutes plus tard, le gendarme freina en apercevant les grilles de la clinique Bel-Air et fut à deux doigts de s'arrêter. N'était-ce pas là qu'aurait dû le mener son enquête? Les déclarations du nommé Dacheux mettaient en cause le docteur Delmotte.

Plus loin, la façade bleu pâle de la Villa Alexandra se dressait sur un petit tertre. Tout à fait le genre d'endroit que le gendarme Olivier aurait choisi pour une escapade amoureuse à proximité de Digne. Il mit les pleins phares pour éclairer la dizaine de véhicules garés sur le parking. À cet instant précis, une voiture blanche démarra et sortit de l'alignement en marche arrière.

Sans se donner le temps de la réflexion, Olivier appuya sur l'accélérateur puis pila net, plaçant sa vieille Opel en travers de la route. Il entendit un crissement de pneus. La conductrice jaillit hors de la voiture. Une Ford Focus. Il sut qu'il avait gagné.

– Vous êtes fou! Qu'est-ce que…

Olivier sortit de l'Opel.

– Gendarmerie nationale. Êtes-vous Mme Nicholson?

– Ben oui mais… Cristi! Y est arrivé malheur à Théo?

Olivier dévisagea Antoinette avec surprise.

– Monsieur Desmarets ? Pourquoi voulez-vous qu'il lui soit arrivé quelque chose ?

– Parce qu'y est à la clinique, cristi !

Olivier repensa à ce que lui avait raconté le patron du Petit-Paris. Le jeune homme avait dû faire une mauvaise chute en dégringolant du toit.

– Son genou ? supposa-t-il.

– Quoi, son genou ? Je vous dis qu'y est entre les mains de Delmotte !

Le gendarme se méprit :

– Il ne faut pas croire tous les bruits qui circulent, madame Nicholson. Le docteur Delmotte est un excellent praticien.

– Y va le tuer ! C't un assassin ! Poussez-moi votre char de là !

L'espace d'un instant, Olivier eut l'impression que la Québécoise allait le frapper.

– Calmez-vous, voyons. M. Desmarets ne risque rien.

– Faut que j'y aille. J'ai voulu l'appeler sur son portable pis la communication a été coupée, vous êtes dur de comprenure ou quoi ?

Olivier fit signe qu'en effet il ne comprenait pas.

– J'ai quelques questions à vous poser, madame Nicholson. Voulez-vous monter dans ma voiture ?

– Vous allez avoir un crime sur la conscience. C't un assassin. Il a massacré mon mari. Pis le petit Laurent, chus sûre…

– Justement, j'ai deux mots à vous dire à propos de Laurent Besson.

Antoinette poussa un cri de rage.

– Mais c'est pas le moment ! Je veux aller à c'te maudite clinique.

– Vous avez un mandat de perquisition ?

Plus Antoinette s'exaspérait, plus Olivier prenait un ton détaché.

– Théo en a pas de mandat ! hurla Antoinette, perdant tout sang-froid. Il est dans la clinique, y cherche la montre de sa femme pis je sais pas quoi d'autre. Une histoire d'overdose.

Le gendarme Olivier porta les mains à son front.

– On va reprendre tout ça calmement. Montez dans ma voiture, madame Nicholson. Au fait, c'est bien votre nom ?

– C'est le nom de mon mari qu'est mort en Afghanistan, à Djalalabad. C'est là que Delmotte était docteur...

Olivier étouffa un bâillement. La nuit serait longue.

Quand Antoinette eut terminé son récit, le gendarme poussa un soupir.

– Bien. Résumons-nous. Vous accusez le docteur Delmotte de s'être livré au trafic d'organes en Afghanistan et de continuer ici même ?

Antoinette fit un signe d'assentiment.

– M. Desmarets, quant à lui, soupçonne le docteur Delmotte d'être pour quelque chose dans la disparition de sa femme ?

– Et y faut agir. Théo est à la clinique. Déniaisez-vous !

– Il y a un petit problème, madame Nicholson. Agir au nom de quoi ? Qu'avez-vous comme preuves de la culpabilité du docteur Delmotte ? Le récit invérifiable d'une muette afghane et le corps – intact – de Laurent Besson ! Quant à M. Desmarets, il aurait vu au poignet de Iosef Delmotte la montre de sa femme mais il n'a rien pu vérifier. Vous croyez que c'est suffisant pour obtenir la réouverture d'une affaire classée ?

Antoinette lui jeta un regard scandalisé :

– Vous allez pas rester là à rien faire ?

– Bien sûr que non. Je vais vous inculper pour complicité dans le viol d'une sépulture.

Il laissa Antoinette pousser diverses exclamations québécoises de rage et de stupéfaction et démarra.

À la gendarmerie, il n'y avait plus qu'une seule lampe allumée. Le gendarme qui était de service parut à la fois surpris et soulagé d'apercevoir son collègue.

– Dis donc, j'ai eu un appel de la clinique Bel-Air. Une dame qui avait l'air affolé.. Il y aurait un rôdeur, un type un peu dérangé, qui circule dans les chambres des malades et qui se fait passer pour un infirmier. Le docteur Delmotte ne souhaite pas qu'on intervienne, paraît-il, mais bon, la dame avait les chocottes !

Antoinette et Olivier échangèrent un regard.

– Eh bien rappelle-la pour lui dire qu'on envoie quelqu'un. Qu'elle vienne nous ouvrir la grille d'entrée...

16
La dernière expérience du docteur Delmotte

Dans le Pavillon Bleu, deux hommes se mesuraient du regard.

– Vous êtes peut-être candidat au suicide, monsieur Desmarets, mais ce ne sera pas à l'ibogaïne. Je n'en ai plus. J'ai tout laissé en Afghanistan.

– Jean, souffla Iosef.

– Ne te mêle pas de ça.

– Qu'est-ce qu'il y avait dans la seringue pour Berthoud ?

– Je t'ai dit de te taire !

Delmotte se sentit alors brutalement agrippé. Théo avait une force peu commune dans les bras. Jean comprit qu'il ne lui échapperait pas.

– C'est de la folie, murmura-t-il, ses yeux dans ceux de Théo. Je ne sais pas utiliser… J'ai toujours eu des difficultés à doser l'ibogaïne.

– Vous en avez tué beaucoup ? s'informa Théo. Hein, combien d'expérienceurs ne sont pas revenus ? Dix, vingt, trente ?

Les yeux écarquillés par l'angoisse, Delmotte ne pouvait même pas répondre. Quarante ? Cinquante ?

– Ils allaient mourir, ils étaient condamnés, balbutia-t-il.

– Et vous préleviez leurs organes avant que leur cœur cesse de battre, c'est ça ?

– C'était pour payer Omar, répondit Delmotte. Il me procurait l'ibogaïne.

Théo fit un signe de tête et relâcha Jean.

La boucle était bouclée. Le docteur Miracle avait payé l'ibogaïne avec les organes des expérienceurs, l'ibogaïne qui lui fournissait de nouveaux expérienceurs.

– Là-bas, c'était la guerre, j'étais devenu fou, plaida Delmotte.

– Je ne suis pas chargé de vous juger, lui répliqua Théo. D'autres le feront si je vous dénonce.

Il y eut un silence. Le chantage qu'il exerçait sur Delmotte mettait Théo mal à l'aise. Pourtant il insista :

– Il vous reste de l'ibogaïne ?

Et Delmotte céda :

– Oui.

Les dernières ampoules étaient dans la pharmacie de secours. Sur l'ordre de son père, Iosef alla les chercher. Entre les deux hommes, la discussion était close. L'heure était à l'action.

– Est-ce que je dois m'allonger ? questionna Théo.

– Vous pouvez rester assis.

Delmotte prit l'ampoule que lui tendait Iosef. Il donna une pichenette dans le verre et examina le produit à la lumière.

– En principe, une dose suffit, murmura-t-il. Mais vous, vous êtes en bonne santé. Il en faudra peut-être deux. J'ai l'habitude de faire un petit mélange avec de l'atropine pour éviter les effets secondaires de l'iboga, surtout les tremblements.

Il s'efforçait de parler comme un médecin expliquant la marche à suivre à son patient. Mais la folie lui avait allumé un feu au fond des yeux. Il était repris par son obsession.

– Les initiés du Bwiti se considèrent comme les maîtres et les gardiens du mystère de l'au-delà.

Il cassa l'ampoule et tout en parlant, il prépara son mélange dans la seringue.

– L'iboga, l'arbre miraculeux, apporte la preuve de l'existence de l'au-delà. Vous allez être un privilégié, monsieur Desmarets.

Il posa la seringue et fit signe à Théo de remonter sa manche.

– C'est une intraveineuse, murmura-t-il. Cela chauffera un peu au moment de l'injection.

Horrifié par les préparatifs, Iosef joignit les mains. On n'était plus dans un conte de fées.

– Il... il ne faut pas, balbutia-t-il.

Delmotte lui adressa un étrange sourire, le sourire de celui qui n'appartient plus tout à fait à notre humanité. Le sourire du damné.

– Ne t'en fais pas, Iosef, dit-il avec douceur. Je ne crois pas que nous aurons besoin de toi.

Il se tourna vers Théo.

– Dans l'initiation du Bwiti, chaque postulant a une «mère», un vieil initié qui veille sur son état durant la traversée. Il suit ses réactions physiologiques, le pouls, les battements du cœur, la température. Considérez-moi comme votre mère. Avec cette aiguille d'acupuncture...

Delmotte la prit délicatement entre le pouce et l'index.

– … je testerai votre sensibilité à la douleur. Il y a un stade à ne pas dépasser.

Théo acquiesça en silence. Delmotte laissait désormais libre cours à sa folie.

– Vous êtes prêt ?

– Oui.

Iosef posa la main sur l'épaule de Théo.

– Je vais t'accompagner en pensée.

Delmotte poussa un soupir.

– Je t'ai dit que nous n'aurons pas besoin de toi. L'iboga ne fait pas perdre conscience. Je vous poserai des questions, monsieur Desmarets, et vous me répondrez. C'est moi qui vous accompagnerai. Jusqu'à présent, mes expérienceurs n'avaient plus qu'un souffle de vie. Ils pouvaient à peine parler. Mais vous, vous êtes robuste.

L'excitation lui écarquillait les yeux. Il allait envoyer Théo aux avant-postes de la mort.

Il déboucha un flacon d'alcool, en imbiba un coton, palpa la veine, nettoya la peau dans cette promiscuité des souffles qui unit malade et médecin.

– Je vais piquer… Je pique. Ça fait mal ?

– Ça va.

– J'ai presque fini. Ça chauffe ?

– Un peu.

Était-ce l'imagination ? Théo sentit un trait de feu courir sous sa peau tout le long du bras. Delmotte releva les yeux. Théo était livide. Il lui administra deux tapes sèches.

– Désolé. Vous partiez. Comment vous sentez-vous ?

– Mmm… va…

Les deux hommes reprirent leurs distances.

– Il faut attendre que le produit agisse, commenta Delmotte. C'est rapide.

Il croisa les bras comme pour s'installer dans l'attente. Mais il ne tenait pas en place.

– Pour aider votre esprit à quitter votre corps…

Sur une tablette roulante, il prit un petit marteau qui servait à tester les réflexes.

– … je vais faire comme au Gabon. On frappe trois fois symboliquement le crâne de l'initié au niveau de la fontanelle.

Il joignit le geste à la parole et se sentant un peu ridicule, il marmonna :

– Très important, le symbolique.

Puis il prit l'aiguille d'acupuncture et demanda à Théo d'ouvrir la bouche.

– Pour libérer votre parole quand vous commencerez à avoir des visions, je vais… vous piquer la langue. Voilà.

Théo se laissait faire, les paupières lourdes, la tête dodelinante. Delmotte claqua des doigts sous son nez.

– On ne s'endort pas ! Théo, vous êtes là ?

– Chaud, chuchota le jeune homme.

Tout son corps s'était embrasé. Delmotte porta la main à son front.

– Un peu… un peu d'hyperthermie. C'est une réaction courante. Ne vous affolez pas. Vous… vous ne voyez rien ?

– Il est sur une route, répondit une voix dans son dos. C'est une route toute blanche. Oh ! De la neige.

Delmotte se tourna d'un bloc vers Iosef.

– Quoi ? Tu vois ? Ou bien tu mens ?

Puis délaissant l'enfant, il se pencha vers Théo :

– Où êtes-vous ? Parlez-moi.

Théo marchait dans l'allée du cimetière. Il baissa la tête pour donner moins de prise au vent. Alors, il vit s'imprimer dans la neige, l'une après l'autre, des empreintes de pas.

– Elle est devant moi, souffla-t-il. Elle me montre le chemin.

Comme il prononçait ces mots, il sentit que la vie s'échappait de lui par le sommet du crâne. La voix de Delmotte lui parvint de très loin.

– Êtes-vous dans le tunnel de lumière ?

– Il flotte au-dessus de son corps, répondit Iosef. Il se voit assis sur la chaise. Il nous voit aussi.

Ce corps qui l'avait tant fait souffrir, Théo le regarda avec compassion. À présent, il était libéré de son infirmité, délivré de toute pesanteur. Prêt pour le voyage.

– Théo, Théo, le supplia Delmotte, si vous m'entendez, répondez-moi. Où êtes-vous ?

– Au plafond.

Théo sourit, amusé par cette constatation. Il avait quitté son corps, mais il ne s'en était pas encore éloigné.

– Je vais, dit-il, « au pays d'où nul voyageur ne revient ».

Ces mots qui l'avaient autrefois désolé lui apportèrent un infini soulagement.

– «De pleurs et de peine, il n'y en aura plus, récita-t-il, car l'ancien monde s'en est allé.»

Les ailes de l'ange se replièrent sur lui. Il se recroquevilla sur sa chaise comme le nourrisson dans le giron de sa mère. L'ibogaïne pouvait entraîner une certaine somnolence. Delmotte tapa des mains sous son nez.

– Ho! Ho! Restez là. J'ai dit: on ne dort pas!

Brutalement chassé du paradis, Théo sentit monter en lui une vague de colère et de peur.

– Il a du mal à respirer, dit Iosef qui l'accompagnait pas à pas.

Quelque chose comprimait Théo, appuyait sur la trachée, la cage thoracique, l'abdomen. Son visage s'était enflammé.

– Le tunnel, chuchota t il.

– Vous êtes dans le tunnel? s'écria Delmotte.

– Jean, ce n'est pas le tunnel de lumière, lui répondit Iosef. C'est tout noir, tout serré Il manque d'air. Il lui faut de l'air.

Théo était dans un boyau gluant et palpitant qui tantôt le poussait vers la sortie, tantôt le retenait.

– À l'aide...

Delmotte regarda autour de lui et aperçut le masque. Il courut le décrocher et ouvrit le robinet libérant l'oxygène.

Théo progressait en rampant dans le boyau. Des monstres naissaient devant lui puis s'évanouissaient, des monstres qui s'échappaient de sa fontanelle ouverte, homme à tête de loup ou femme à serres d'aigle, tout le divin bestiaire dont l'angoisse humaine a accouché. *Jamais, jamais plus je ne verrai le jour*, songea Théo. Au même instant, Delmotte appuya sur son visage le masque à oxygène.

– De l'air ! C'est l'air du dehors, soupira Iosef. La sortie est proche.

Délivré ! Expulsé du boyau, Théo se redressa. À présent, il pouvait marcher. L'air était pur, un peu piquant.

– Il fait nuit, décrivit Iosef. Les étoiles sont si nombreuses ! Je vois de l'eau.

Théo s'arrêta devant le fleuve où la lune toute ronde se reflétait. Soudain, l'eau se rida. Une barque s'approchait en silence, sans rames ni moteur.

– Il y a un homme debout dans la barque, reprit Iosef. Non, ce n'est pas... C'est juste une forme d'homme sous un drap.

Le vent agitait le voile noir qui recouvrait le passeur. Il devait mesurer plus de deux mètres et restait immobile sous son suaire. La barque toucha la rive.

– Il faut monter dans la barque, suggéra Delmotte en ôtant le masque à oxygène.

Le souffle de l'expérienceur était redevenu calme, semblable à celui du dormeur. Mais ses yeux, aux pupilles dilatées, étaient grands ouverts.

– Je suis dans la barque, dit Théo. Je pars pour l'autre rive.

Il se pencha vers l'eau pour voir le ciel s'y refléter. Mais dans le courant du fleuve, il aperçut l'image tremblante d'un enfant qui refusait d'embrasser sa mère, puis celle d'un adolescent qui déchirait une lettre en mille morceaux, puis celle d'un jeune homme qui claquait une porte et enfourchait sa moto. Depuis toujours, la colère habitait Théo.

– Le camion, la moto, murmura Iosef en regardant se dérouler la scène. La moto double. Elle veut se rabattre, elle va... Non!

Iosef enfouit le visage dans ses mains. Théo gisait sur la route.

– Le pouls s'est ralenti, s'inquiéta Delmotte.

– Il n'est pas mort dans l'accident, le rassura Iosef, il est dans la barque.

Théo laissa couler son passé au fond de l'eau. Il leva les yeux vers le passeur, massif et immobile, telle une statue au jour de son inauguration. À quoi ressemblait-il, cet envoyé de l'au-delà? Pourquoi refusait-il de se dévoiler? Théo attrapa le bas du suaire.

– Je veux voir l'invisible, dit Théo.

– Tire le drap, lui souffla Iosef.

D'un geste sec, Théo déchira l'air devant lui. Lui et l'enfant poussèrent le même cri en même temps.

– Quoi? Qu'est-ce que c'est? s'affola Delmotte. Je veux voir, moi aussi!

– C'est une statue de pierre mais les yeux sont vivants! s'écria Iosef.

En quelques secondes, le granit du colosse se fit chair puis os puis poussière. Le vent souleva le suaire qui battit des ailes et s'envola avec un triste cri d'oiseau. Iosef et Théo levèrent la tête vers le plafond pour suivre son ascension.

– La lumière!

Elle venait de trouer la nuit.

Une lumière d'un blanc absolu, d'un blanc si blanc qu'elle en frôlait le bleu. Iosef porta une main devant ses yeux.

– Que vois-tu ? Est-ce que c'est le tunnel de lumière, cette fois ? le bouscula Delmotte.

– Je suis aveugle, gémit l'enfant.

Nul ne peut regarder la mort en face. Théo sentit que ses yeux de chair se fermaient à jamais et que la lumière lui traversait le front à l'endroit où le troisième œil attend depuis toujours la révélation. Alors, le fleuve devint le ciel et Théo bascula dans le tunnel. Iosef poussa un cri de victoire.

– Ça y est ! Nous sommes dans le tunnel. La lumière nous emporte.

Si les chemins empruntés par Théo l'avaient désorienté, à présent Iosef se retrouvait en terrain connu. Il était déjà passé par cette spirale de lumière à la suite des mourants de la clinique. Une fois de plus, la fabuleuse accélération lui coupa le souffle et faillit le jeter à terre.

– Jean, Jean, fais quelque chose ! Retiens Théo ! Il va passer de l'autre côté !

Delmotte fit un geste vers le masque à oxygène. Mais n'était-ce pas dérisoire ?

– Non, ça va, dit Iosef. Ça ralentit.

Lentement, majestueusement, la spirale se déroula encore quelques instants avant de s'inverser une nouvelle fois. Théo et Iosef étaient au fond d'un puits et tout là-haut, dans un cercle de lumière, une silhouette semblait les attendre. Alors, ce fut l'ascension. Les ailes de l'ange enveloppèrent Théo et l'aidèrent à monter. Il ne cessait de se rapprocher de la silhouette et cependant elle paraissait toujours aussi lointaine.

– C'est elle, murmura Iosef, je... je crois.

Théo tendit la main vers l'être qui se tenait dans le cercle lumineux.

– Lucie! appela-t-il. Lucie!

Il aurait voulu lui dire: je suis Théo, je viens te chercher, je t'aime. Mais les mots le fuyaient comme le fuyait cette silhouette.

– Nous montons, décrivit Iosef, mais il y a toujours la même distance entre elle et nous. Oh, quelqu'un vient vers nous... C'est elle? Non.

Une silhouette glissa à leur rencontre puis les dépassa. À peine se fut-elle effacée qu'une autre la remplaça puis une autre. C'était la jeune fille de l'escalier, celle de la bibliothèque et celle du restaurant, toutes semblables, toutes différentes, jamais reconnaissables, qui étaient et n'étaient pas Lucie.

– Nous n'y arriverons pas, se découragea soudain Iosef.

– Parce qu'elle est morte et parce qu'il est en vie, marmonna Delmotte.

Il piqua Théo au bras avec l'aiguille d'acupuncture et le jeune homme tressaillit. Les expérienceurs que Delmotte avait accompagnés ne manifestaient plus aucune réaction à la douleur lorsqu'ils étaient au seuil de la mort. Théo en était encore beaucoup trop loin et le jour allait venir. Il fallait l'aider, il fallait accélérer le processus. Les yeux de Delmotte se posèrent sur la seconde ampoule d'ibogaïne.

17
La dernière heure

– Elle est là, murmura Théo, tâtant l'air autour de lui.

Elle était là, impalpable et sans limites. Lucie est la lumière même.

– Je ne pourrai pas la ramener, gémit Théo.

– Si, si, s'obstina Delmotte, c'est juste une question de dosage.

Il cassa l'ampoule.

– Lucie ! appela Théo.

Delmotte se joignit à lui :

– C'est ça, Lucie, Lucie ! Appelez-la…

Puis à mi-voix :

– L'atropine à présent. Je ne vais injecter que la moitié du produit. La moitié.

Il tâchait de se raisonner.

– Quelques gouttes, c'est ça, juste quelques gouttes.

Il prit le bras de Théo. On voyait encore la trace de la piqûre précédente. Il enfonça la seringue. Théo tressaillit de nouveau. Mais ni lui ni Iosef, perdus qu'ils étaient dans leur hallucination, ne virent ce que Delmotte était en train de faire.

– Elle est là ! hurla Théo.

Oui, devant lui, rayonnante, charnelle, avec cette flamme rousse dans ses yeux noirs…

– Lucie !

– L'alliance ? dit-elle.

– Oui, oui, je l'ai.

– Donne-moi mon alliance.

Delmotte reposa la seringue. Malgré lui, il avait tout injecté. *Assassin*, pensa-t-il, *je suis un assassin.*

– Donne-moi mon alliance, vite ! répéta Lucie, le ton suppliant.

Théo ébaucha un geste. Il voulait retirer les alliances de son doigt. Mais il était sans force, sans prise sur ce monde.

– L'alliance, murmura-t-il, mais si bas que Delmotte n'entendit pas.

Iosef était épuisé par cette longue séance. Son lien télépathique s'effilochait. Il eut un dernier flash :

– Il faut mettre l'alliance au doigt de Lucie, dit-il.

Puis il se laissa glisser sur le sol. Ses jambes ne le soutenaient plus. Delmotte porta les mains à ses tempes.

– Qu'est-ce que j'ai fait, mon Dieu ? Qu'est-ce que j'ai fait ?

Il prit le pouls de Théo. Il était à peine perceptible et la main pendait, toute molle. Il y vit briller les deux anneaux.

– L'alliance.

Ni la vie ni la mort n'avaient pu réunir Théo et Lucie. Mais un symbole le ferait.

– Très important, le symbolique, marmonna Jean en ôtant le premier des deux anneaux.

Il l'ignorait, mais c'était l'alliance de Théo.

– Jean ! Jean !

Delmotte eut un haut-le-corps et lâcha l'alliance. Une voix féminine l'appelait. Quelqu'un courait au-dehors, quelqu'un entra dans le Pavillon Bleu.

– Jean, la police !

C'était Mathilde. Elle s'arrêta sur le seuil, pétrifiée.

– Mon Dieu ! Qu'est-ce que vous avez fait ? Ils sont… morts ?

– Mais non ! Ils vont bien. Ça va passer.

C'était tragique et risible à la fois. Delmotte niait.

Mathilde s'approcha de Théo. Il haletait, tassé sur lui-même. La lumière s'était éteinte. Il s'en était fallu de quelques secondes pour que Orphée rejoigne Eurydice. Puis elle se pencha sur Iosef qui revenait à lui, une étrange ivresse flottant encore dans ses yeux.

– L'ibogaïne ? Vous avez recommencé ? chuchota Mathilde. Aidez-moi.

À eux deux, ils allongèrent Théo sur le côté gauche.

– Il y a un gendarme à l'accueil qui cherche à vous parler, reprit Mathilde tout bas. Je crois que c'est à cause du rôdeur de cette nuit. On a dû prévenir la police. Il ne faut pas qu'on vous trouve ici.

Ils dégrafèrent les vêtements de Théo et guettèrent son souffle.

– Il y a une femme avec un drôle d'accent, dit encore Mathilde. Je l'ai entendue qui parlait de M. Desmarets…

Delmotte ne semblait pas concerné par ce que racontait son assistante. Il examinait Théo, son œil, les battements de son cœur…

– Vous m'écoutez ? insista Mathilde.

Presque timidement, elle secoua Jean par le bras.

– J'entends. Mais ça n'a pas d'importance, tout ça.

Il parut chercher quelque chose sur le sol.

– J'ai perdu l'alliance, fit-il, contrarié.

Mathilde eut alors la certitude que Jean ne ferait rien pour se tirer d'affaire et qu'elle devrait le sauver malgré lui.

– Écoutez-moi, Jean. Je vais évacuer le corps de... de la jeune femme à la morgue.

Il y avait à Bel-Air une petite pièce coincée entre la buanderie et le local des poubelles où l'on escamotait les corps en attendant les funérailles.

– Je vous l'interdis, répliqua Delmotte. M. Desmarets prendra la décision de maintenir ou non sa femme en survie artificielle.

– Dans l'état où il est, grommela Mathilde, il ne va pas prendre beaucoup de décisions.

Iosef s'était relevé mais tout son corps était courbatu. Jean l'aida à s'asseoir avec des gestes précautionneux.

– Je n'aime pas que tu souffres, dit-il. Ah, l'alliance!

Il venait de l'apercevoir sur le carrelage. Il la ramassa puis il s'approcha de Lucie. Il lui passa l'anneau au doigt très facilement, elle avait maigri.

– Dépêchez-vous, le supplia Mathilde. Allez voir ce que vous veut ce gendarme. Je m'occupe de M. Desmarets.

– Merci Mathilde, merci pour tout, fit Jean. Iosef, soigne-toi.

La main qu'il posa sur l'épaule du garçon s'y crispa quelques secondes.

– Allons voir ce que me veut la gendarmerie, dit-il sur un ton désinvolte.

Il passa tout près de la tablette roulante et sans que personne ne le vît faire, il attrapa la dernière ampoule d'ibogaïne. *Ne pas laisser de traces*, se dit-il.

Une fois dans l'allée centrale, il hésita. Irait-il tout de suite s'expliquer avec ce gendarme ? Étant donné l'heure matinale, il pouvait aussi retourner chez lui, se faire un café et attendre qu'on vienne officiellement le chercher. Toutes ces phrases lui passaient par l'esprit comme des informations qui défileraient sur un prompteur. Il ne se sentait pas concerné.

Il s'aperçut que ses pas le portaient vers la casemate. Il y entra et poussa un soupir de délivrance. Tout était parti de là. Il ouvrit la malle. Sous les lambeaux du drapeau, il y avait une sacoche en cuir fatiguée, sa vieille sacoche de médecin. Il la caressa avant d'en inspecter le contenu.

– La voilà, murmura-t-il, en attrapant une seringue usagée.

Elle avait servi à la dernière injection d'ibogaïne pour son dernier expérienceur afghan. Un vieil homme.

– Comme moi.

Il se sentait vieux, très vieux. Dans une main, il tenait la seringue. Dans l'autre, l'ampoule d'ibogaïne. Plus jamais il ne pourrait l'utiliser. Théo avait été sa dernière expérience. Faudrait-il qu'après ce jour, il y ait un autre jour et puis un autre ? Sans jamais de réponse à sa question. Qu'y a-t-il après le tunnel de lumière ? La fusion, le grand Tout, les retrouvailles avec ceux qu'on a aimés, la rencontre avec le Créateur ou l'anéantissement de la conscience ?

Il cassa l'ampoule. Finalement, l'Expérienceur, c'était lui.

Au même moment, Antoinette et le gendarme Olivier arpentaient l'allée centrale de la clinique.

– On est allés jusqu'aux bambous, dit Antoinette. Je l'ai laissé dans un fauteuil roulant.

Tous deux pressèrent le pas.

Dans le Pavillon Bleu, Mathilde s'efforçait de ranimer Théo. Iosef s'était assis en tailleur à côté de lui, épiant les premiers signes de lucidité. Il savait que le jeune homme avait quitté la NDE. Soudain, ses lèvres remuèrent.

– Il a dit quelque chose, remarqua Mathilde.

Iosef se pencha sur le visage de Théo. Un murmure lui parvint :

– L'alliance.

– Oui, Jean l'a remise au doigt de Lucie.

– L'autre... l'autre...

Une larme roula le long de la tempe de Théo. Iosef comprendrait-il ?

Antoinette et le gendarme Olivier étaient arrivés devant le Pavillon Bleu.

– Tenez, voilà le fauteuil ! s'exclama la Québécoise.

– Ce pavillon a l'air désaffecté, observa Olivier en fronçant les sourcils.

L'idée lui vint que Desmarets avait pu y chercher refuge. Il s'approcha de la porte d'entrée. Elle était entrouverte. Il la poussa.

– Y a quelqu'un ? cria-t-il.

Mathilde étouffa un cri et jeta un regard de terreur à Iosef. L'enfant porta un doigt à ses lèvres. Silencieusement, il se releva et alla chercher le pistolet-mitrailleur. Pour se défendre ou pour le cacher? Soudain, il aperçut au doigt de Lucie l'alliance que Jean avait passée. Il venait de comprendre le sens de ce que lui avait dit Théo. Delmotte s'était trompé. Il avait mis à Lucie l'alliance de son mari. La sienne, c'était l'autre.

Le gendarme et Antoinette étaient entrés dans le Pavillon Bleu.

– Y fait ben noir, là-dedans, marmonna Antoinette. Ça a l'air abandonné.

– Vous n'entendez pas du bruit?

Ils écoutèrent. Non, tout était silencieux.

– Monsieur Desmarets? C'est Olivier, le gendarme...

Il avança vers le couloir. N'y avait-il pas de la lumière tout au bout?

Iosef comprit que la partie était perdue. La police était là. Il posa à terre le PM Makarov. La dernière chose qu'il pouvait encore faire n'était que symbolique. Il ôta l'alliance au doigt de Lucie et courut vers Théo. Il fit l'échange puis il retourna à Lucie.

– Que se passe-t-il ici ? s'écria une forte voix. Desmarets !

Olivier, suivi par Antoinette, courut vers le corps du jeune homme. Iosef profita de la panique du moment. Il glissa l'anneau au doigt de Lucie. Quand il releva la tête, ses yeux rencontrèrent ceux de Lucie. Ils étaient ouverts. Ce n'était pas la première fois qu'elle était affectée de ce mouvement réflexe, mais la coïncidence était troublante. Iosef fut saisi d'un tremblement.

– Oh non, murmura-t-il.

Les yeux étaient vivants. Une flamme rousse y dansait.

– Orfeo, chuchota Lucie.

Iosef poussa le plus épouvantable cri de victoire qu'on ait jamais poussé. Puis il fonça vers la sortie, tête baissée, bousculant Antoinette au passage. Il se mit à courir vers l'allée centrale en appelant.

– Jean ! Jean !

Il courut vers la maison, entra dans le bureau, appela, chercha Jean. Il ressortit, descendit jusqu'au parking de l'entrée. La voiture de Delmotte s'y trouvait toujours. Épuisé, travaillé par ses contractures, Iosef se traîna le plus vite qu'il put jusqu'à l'accueil. Personne n'avait vu le docteur Delmotte. Alors, il se souvint de la casemate. Il remonta l'allée centrale, l'œil aux aguets. Il ne voulait pas croiser le gendarme. Quand il fut devant la casemate, il commença par appeler :

– Jean ! Jean !

Puis il entra.

Il était là, affalé contre la malle, une seringue vide à la main.

– Oh non, non !

Iosef savait reconnaître un mort au premier coup d'œil. Il s'agenouilla devant Delmotte. L'ibogaïne avait agi très vite. C'était le cœur qui avait lâché.

– Mais pourquoi ? Pourquoi tu as fait ça ? Tu n'avais pas le droit.

Il sanglotait.

– Je venais t'annoncer la nouvelle. Lucie est en vie. En vie !

18
VOUS AVEZ UN MESSAGE

De: Théophile DESMARETS <theo.desmarets@wanadoo.fr>
À: Antoinette POTVIN <a.potvin@sympatico.ca>
Envoyé: mardi 6 août 2002 14h09
Objet: expérienceur

Mardi au soleil de Coutances! Chère Antoinette, bonjour! Voici, comme promis, des nouvelles des deux «ressuscités». Non, je ne saute pas comme un cabri. Je suis repassé sur le billard pour mon genou cassé et... disons que ça va. Désormais, c'est moi qui prends soin de quelqu'un, c'est moi qui aide, c'est moi qui rééduque. Lucie marche de nouveau, elle parle, elle rit. C'est venu peu à peu et elle reste très fragile. Mais nous avons plein de projets pour l'été prochain. Nous voulons retourner chez le bijoutier de Genève, nous voulons rencontrer Mutine à Djalalabad, nous irons avec Iosef (qui me considère un peu comme son frère aîné) dans son village natal au Kosovo et bien sûr nous irons avec toi sur la tombe de John Nicholson. Oui, je sais, c'est beaucoup, mais nous avons tant de choses à rattraper!

Le mois dernier, j'ai fait un premier voyage sans Lucie mais avec sa bénédiction. Je suis retourné à Digne. Je suis allé voir le jeune Dacheux. Il a été remis en liberté, son procès aura lieu au printemps prochain. Comme tu le sais, la justice souhaite entendre ton témoignage. Il pourra adoucir le verdict. Ce sont tes soupçons à l'encontre de Delmotte qui ont donné à Dacheux l'idée d'ouvrir la tombe de Laurent Besson.

Une fois à Digne, je suis parti à la recherche de Berthoud et Simonnet. Iosef m'avait donné l'adresse de la supérette des parents Berthoud. J'ai reparlé de l'accident avec ces deux garçons. Je leur ai dit que je leur pardonnais. J'ai besoin de pardonner. Je crois que je suis en colère depuis que je suis né ! Et mon handicap n'a rien arrangé. J'en veux à ceux qui m'ont fait naître, à ceux qui ne souffrent pas, à la Terre entière... Mais ça se calme. Avec le temps.

Nous avons eu une longue conversation, Lucie et moi, hier après-midi. Nous avons reparlé de son accident. Elle a toujours un peu de mal à se concentrer quand nous abordons ce sujet. Elle se souvient de tous les gestes qu'elle a faits pour se sauver et qu'elle a pensé : « Théo, comment va-t-il faire sans moi ? » Puis plus rien. Elle n'a aucun souvenir de son coma. Aucun. Elle s'est réveillée en pensant à la bijouterie de Genève. Elle a vu l'enseigne *Orfeo* comme si c'était la dernière image d'un rêve. Elle ne se souvient pas d'avoir prononcé le mot.

Tu me demandes des explications concernant Lucie. Je n'en ai pas. Personne n'a pu m'en donner. J'ai su par

Iosef que le cœur de Lucie avait cessé de battre après sa noyade. Delmotte est parvenu à le faire repartir environ trente minutes plus tard! On estime qu'une personne est décédée après cinq minutes d'une tentative de réanimation. Une fois dans le Pavillon Bleu, Delmotte a constaté en faisant passer un électroencéphalogramme à Lucie qu'il n'y avait plus trace d'une activité électrique du cerveau. Si Lucie avait été dirigée vers les urgences d'un hôpital, elle serait actuellement enterrée au cimetière de Coutances.

Le docteur Ellisalde qui est désormais le chef de la clinique Bel-Air m'a parlé d'une possible «fonction biologique résiduelle» qui ferait que Lucie était morte tout en ne l'étant pas…

Il y a quelques exemples dans les annales médicales de «résurrection» après plusieurs mois, voire plusieurs années de coma végétatif. C'est *a priori* impossible et pourtant…

Tu me demandes ce que je pense du docteur Delmotte. Je sais que pour toi, c'est un monstre. Il faut que je te l'avoue, quand je suis retourné à Digne, je suis allé au cimetière où Jean repose. Oui, je l'appelle «Jean» et j'espère vraiment qu'il repose. Il a sauvé Lucie.

Ne le répète à personne. C'est moi qui suis en possession de ses carnets afghans. Iosef me les a confiés. Je ne veux pas que la police en fasse des pièces à conviction, les médecins des expertises psychiatriques, les journalistes des articles à sensation et Hollywood un film d'horreur! Jean avait réellement la vocation de médecin. Il voulait sauver les hommes. Pas de la maladie, mais de la mort même. Il est allé éprouver sa vocation au cœur de la guerre, au milieu des pires atrocités. C'est là qu'il a dérapé.

J'ai comptabilisé quarante-sept expérienceurs dans ses carnets. Quatre NDE spontanées, toutes les autres provoquées par l'ibogaïne. Neuf rescapés. John Nicholson n'est pas recensé au nombre des expérienceurs. Jean n'a pas tué ton mari. Il a même tout fait pour le sauver. Mais il est bien indiqué dans les carnets que les reins et la cornée lui ont été prélevés en échange de matériel médical et d'ibogaïne.

Je sais, tout cela peut paraître atroce. Delmotte s'est toujours justifié à ses propres yeux en prétendant que ses expérienceurs étaient de toute façon condamnés. Sa seule justification à mes yeux, c'est qu'il était fou. Il a écrit dans ses carnets : « *Nul homme ne peut supporter de vivre s'il se sait mortel. Tous, ils l'oublient. Moi, j'y pense à chaque seconde de ma vie.* » Il a maquillé son obsession en recherche scientifique. Il a voulu arracher aux expérienceurs la preuve de sa propre immortalité.

Tu me demandes : « Théophile, ça veut bien dire : "ami de Dieu" ? Alors, tu l'as-tu rencontré dans ta NDE ? » Ma sœur Corinne pense que j'ai un secret, le secret des expérienceurs, que j'ai vu quelque chose mais que les mots n'existent pas pour le décrire. Que voulez-vous, l'une et l'autre, sinon la preuve de votre immortalité ?

Nous parlons parfois de l'au-delà, Lucie et moi. Je ne sais pas si quelque chose nous y est réservé. Mais je sais que quelqu'un nous y attend. Dieu ? Oui, si Dieu a un visage. Celui d'une femme, d'un enfant, de ton mari.

Dans un instant, je vais cliquer sur ce mail et un fil invisible se tendra entre nous. Aucune distance ne peut nous séparer. Parce que nous le voulons, toi et moi.

Je n'ai pas de secret, Antoinette. Mais j'ai une certitude. La mort ne séparera pas ceux qui se sont aimés. C'est leur dernière volonté.

Table des chapitres